中国历代通俗演义故事·农闲读本

吕四娘演义

原著　顾明道
改编　骆彬慧
插图　李　娜

吉林出版集团股份有限公司

图书在版编目（CIP）数据

吕四娘演义／骆彬慧改编. —长春：吉林出版集团股
份有限公司，2008. 11（2023.8 重印）
　（中国历代通俗演义故事：农闲读本）
ISBN 978-7-80762-932-0

Ⅰ. 吕… Ⅱ. 骆… Ⅲ. 章回小说—中国—现代—缩
写本 Ⅳ. I246.4

中国版本图书馆 CIP 数据核字（2008）第 165850 号

LUSINIANG YANYI

书　　名　吕四娘演义
出版策划　崔文辉
责任编辑　孙骏骅
出　　版　吉林出版集团股份有限公司
　　　　　（长春市福址大路 5788 号，邮政编码：130118）
发　　行　吉林出版集团译文图书经营有限公司
　　　　　（http://shop34896900.taobao.com）
制　　作　猫头鹰工作室
电　　话　总编办 0431-81629909　营销部 0431-81629880
印　　刷　三河市金兆印刷装订有限公司
开　　本　889×1194 毫米　1/32
印　　张　6.25
字　　数　103 千字
版　　次　2008 年 11 月第 1 版
印　　次　2023 年 8 月第 2 次印刷
标准书号　ISBN 978-7-80762-932-0
定　　价　38.00 元
　　　　　（如有印装质量问题请与出版社调换。联系电话：18533602666）

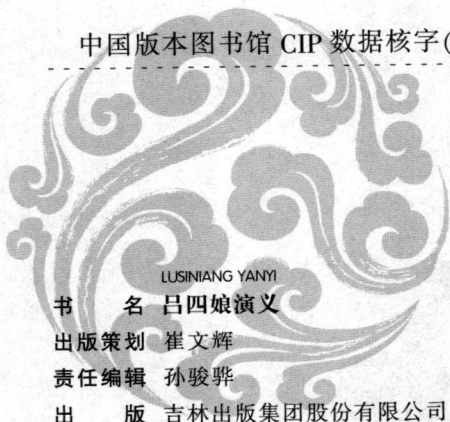

前　言

　　湖南秀才曾静对大清的统治非常不满,遂与志同道合的张熙、沈在宽一起写信给川陕总督岳钟琪,希望岳钟琪能够出兵帮助他们推翻雍正的统治。没想到事情败露,雍正帝下令严加处理此案,从而制造了历史上有名的"曾静、吕留良案"。吕家全家被斩,吕留良、吕葆中的尸身也没有幸免,被人从地下挖出,斩首、鞭尸。吕留良的孙女吕四娘,因为和母亲在杭州西湖山隐居,才幸免于难,她们在老家人吕德的带领下逃出了浙江。

　　当知道吕家满门全都惨死在雍正的屠刀之下时,吕四娘发下"不杀雍正,死不瞑目"的血誓。吕德带着她们走到了安徽境内,吕四娘的母亲林氏经不起长途的劳累,病倒在黄山脚下的客店里。幸亏遇到少侠白无双,他救了林氏的性命,吕四娘母女感激不尽。林氏病愈后,三人继续赶路。在黄山深处,黄犊老英雄出手救了吕四娘母女,并把他们主仆三人收留在自己的"野云草堂"。

　　为了报仇,吕四娘在暗地里偷学武功,黄犊发现她是块练武的好材料,于是把自己毕生所学全部传给了吕四娘。在了然大师的引荐下,吕四娘到五台山拜独臂神尼为师,学会了上乘武功,把"摄神运气法"和"神女剑法"练到了出神入化的境界。学成后,吕四娘下了五台山,一路上除恶扬善威震四方,还救了被人追杀的白无双。白无双和吕四娘一起回到黄山,安葬了吕四娘祖父和父亲的骨灰。在黄山休养的时候,他们听到了在江苏镇江要斩沈在宽的消息,吕四娘、白无双、黄犊马上出发赶到镇江,经历了一番曲折之后,终于救下了沈在宽,可是他全身筋脉已断。为了挽救沈在宽的性命,吕四娘和白无双又远赴关外寻找千年宝参。

在关外,白无双救了落水女孩惠仙,从而找到了失散多年的母亲白氏,母子相认。在千年宝参的作用下,沈在宽的身体一天一天恢复。白氏、小惠仙和白无双也一起来到了黄山。正是雍正全国选秀女的时候,惠仙为了报答救命之恩,决心入宫当内应。吕四娘也往北京去,走到泰山脚下时,偶遇老英雄甘凤池,跟老英雄学会了棉丝轻功。到了北京城,吕四娘和白无双找到了正在圆明园执役的惠仙,又得到了十四王爷的帮助,几个人定下计划杀了雍正。

谁知道十四王爷利用吕四娘杀雍正的机会,想要发动政变,夺回皇权自己当皇帝。白无双、吕四娘看清了政治纷争背后的险恶人性,决定远离是非之地。在众多英雄的合力帮助下,他们终于平安脱身来到了关外,一家团聚。白无双和惠仙终成眷属,吕四娘和沈在宽的感情之路还是一波三折……

编　者

目录

第一回

清皇帝大兴文字狱
吕留良满门受牵连

自古江南就被称为"丝绸之府，鱼米之乡"，特别是江苏扬州风景秀美，气候宜人。都说是山清水秀出贤才，江浙一带也算是人才辈出，有众所周知的初唐四杰之一的骆宾王，南唐诗词成就极高的李煜、冯延巳，还有宋代陆游、周邦彦，明代徐渭、冯梦龙这些人。到了民国时江浙一带也是人才济济，有像王国维这样的奇才，也有像丰子恺这样的书画家，还有像鲁迅、周作人、冰心、叶圣陶、朱自清这样的大文豪。

吕留良生长在江浙文秀之乡，他是浙江嘉兴人，明末秀才，是江南有名的学者。可是明朝江山气数已尽，再有才学的英雄也没有用武之地。满清鞑子早就想统治中原，加上吴三桂献关投降，满清大军就长驱直入势如破竹，大明一命呜呼！可怜这样的才子空有一颗报国之心，却没有施展的余地。清军南下江浙的时候吕留良也就十七八岁，真是年少气盛，以为通过自己的努力就能挽救破碎河山，于是就和同窗好友散尽家财组织义军，哪想到不但没有阻挡住满清大军，自己的好朋友也死在了战争中。吕留良一看明朝是一点儿希望都没了，算了！从此再也不过问外面的事，而是把精力

吕留良

全部投入到写文章作诗上。

吕留良是一代才子，秉性聪慧，文字精湛，笔力老道，行文气势充沛，称得上是一代宗师。他的文章立意很深，表面上对政治对大清的统治不做任何的评价，实际上他把不满的情绪全都散落在字里行间。

吕留良有七个孩子。对子女的教育他一向只是引导而不苛求太多，大多是依照他们的天性，尊重他们的选择。长子吕葆中愿意做官，不太赞成父亲清静无为的人生态度，决心在科举中考个功名，光宗耀祖。吕葆中奋发有为，殿试中还真金榜题名考中了探花，获得由紫禁城的午门进入正大光明殿觐见皇帝的殊荣，吕葆中得意扬扬，众人也顺势称赞，吕留良却淡淡地说："没啥稀奇，以后还不知下场如何！"

果不其然，吕葆中因"伪朱三太子案"受到牵连，被捕入狱差点儿没死在里面。吕家上下打点，吕大爷命是保住了，可是被免去了官职，贬成了老百姓。吕葆中又是一根"直肠子"，他相信只要能见皇上一面，把经过说清，皇上一定会收回成命，洗刷自己的冤屈。于是他长期客居京城之中等待这个机会，他怎么知道这个冤案就是皇上亲手制造的。在苦苦等待之中，吕大爷尝尽了人间冷暖，心情长期受到压抑，身体更是一天不如一天，最后是死在了京城。

吕葆中的妻子林氏，秀外慧中、知书达礼，也是个大家小姐。吕葆中受牵连进了监狱，林氏已身怀六甲，后来生了个女儿取名叫四娘。林氏为了保住丈夫的命把家里大部分财产用在了疏通关系上，本以为吕大爷出狱后一家人平平安安过日子,结果吕葆中还是撇下了她们母女。死了的人闭上眼睛什么都可以不管了,可是苦了活着的人。林氏知道丈夫死了真是万念俱灰,本想随着丈夫就这么去了,可是看着小四娘,又不忍心让孩子一个人孤苦伶仃地活在世上,可怜的孩子已经没了爹,若再没了娘,小家伙又如何能活得下去呢?

想到这里林氏不知不觉中泪流满面。正当林氏胡思乱想的时候,门口来了一辆马车,赶车的正是仆人吕德。吕德身材不高,皮肤粗黑,从小就在吕家为仆,虽是仆人但吕家人却把他当成家人一样看待。吕德感激主人对自己的恩情,做事勤勤恳恳也很忠诚。

吕留良知道长子死在了北京城真是痛心疾首。大半生已经过去,没想到老了还是白发人送黑发人。又听说大儿媳林氏生了个女儿,吕留良心想儿子已经死了,留下这母女二人怎么生活?再说四娘毕竟是吕家血脉,祖父养育孙女也在情理之中,于是就派吕德接林氏母女二人到嘉兴府桐乡县和吕家共同生活。

林吕二家是世交,林氏没过门时就常听父亲提起吕留良的为人与才学,非常仰慕。如今母女二人走投无路时又得到吕家的照顾,林氏真是感激不尽。到吕府后林氏侍奉公婆周到、殷勤,平日里修身养性、吃斋念佛倒也清净。况且林氏喜好宁静、安稳,早有出家的念头,只等四娘长大成人有了好归宿,林氏就要遁入空门。吕留良对四娘更是爱如珍宝,一是将对长子的思念寄托在四娘身上,二来四娘明眸皓齿、聪明伶俐很讨人喜欢。

日子安安稳稳地过了三年,吕葆中死时吕留良已是白发老人,再加上丧子之痛,吕老先生心情一直不好,身体也越来越差。到了第四个年头上吕留良撒手西去,一代文学名流就这样结束了他的一生。

林氏母女再一次失去依靠。吕家原来是富裕之家,吕家子孙可以不必为衣食发愁。可是清初吕留良组织义军,拿出了家中大部分钱财,家中剩的也就是祖屋及土地若干。吕留良是文人不太善于经营,就靠出租土地和办学讲课得到的收入维持家中的生活。三年前吕葆中入狱,吕家卖了部分土地的钱又加上林氏的全部积蓄,才保住了他的命。吕留良的其他六个儿子,虽都读书却不求取功名,既不懂种地也不会经商做生意,到吕留良死的时候家里已经是坐吃山空。如今吕留良已不在人世,林氏想到自己的凄惨身世,长叹一声心想罢了,如今公公过世,我母女二人无依无靠,不如找一个清净的地方过完下半辈子,再给四娘找个好人家嫁了,也算对死去的丈夫有个交代。于是说明了自己的心愿,告别了吕家老小,带着女儿四娘来到杭州西湖山,这里有一座尼姑庵。老家人吕德把她们二人送来,在尼姑庵附近买了一间独门独院的泥草房。老家人将小院简单修了一下,母女二人就在这里落脚了。林氏每天到尼姑庵中,早晨晚上诵读经书,白天再干点零活给人缝缝补补,日子过得平静如水。林氏已经没有了其他念头,只盼着女儿四娘一天天长大。四娘乖巧懂事、聪明伶俐,当女儿长到五岁时林氏就拣些简单的诗书教她,并给四娘讲祖父吕留良的故事。林氏告诉四娘祖父是如何一身正气，如何有才学，吕家又是如何的诗书传家。小四娘非常爱听，每天缠着母亲讲祖父的事，吕留良完全成为四娘心中的大英雄。

就在母女二人在尼姑庵旁清净度日之时，外面世界却纷繁杂乱。只说此时当朝的皇帝，乃是康熙帝的四子雍亲王胤禛。康熙皇帝共有三十五个儿子，为争夺皇位，皇子们私下里较量，兄弟之间相互迫害。康熙帝驾崩之后，大臣们从乾清宫正大光明匾额后的锦盒中取出的圣旨上赫然写着"将皇位传给四皇子"。康熙帝竟将皇位传给了自己并不怎么喜欢的四儿子胤禛。这道遗旨受到了很多人的质疑，不仅是敌视雍亲王的人，就是在民间老百姓中也有很多猜测。很多人认为是雍亲王指使隆科多在康熙的遗诏上动了手脚。雍正帝登基之后为了巩固自己的统治，动用一切手段消灭异己，残暴异常。雍正帝先后囚禁、软禁、远调了同他争夺皇位的八阿哥、九阿哥和十四阿哥，又在民间大兴文字狱，使得许多无辜的百姓含冤而死。许多的汉人学士在这种紧张的政治高压下不敢多说话，说错一句话就有掉脑袋的危险。

话说此时湖南有一个儒生叫曾静，从小饱读诗书，总想考个功名，可是只中了个秀才。要说曾静这个人没有才气吗？也不是，只是要考个举人、进士什么的还要在官场上打点打点，曾静一没关系二没金钱，所以三番五次名落孙山。正在无聊之时他猛然想起上次赶考时路上遇到的书生沈在宽。二人一见如故，整夜地促膝而谈，真有相见恨晚之意。

沈在宽不过十八九岁，在江浙一带是家喻户晓的神童，从小跟着严鸿达、严鸿逵二位学者学习诗文。二严见沈在宽聪慧过人十分珍爱,将平生所学都教给了他。说起二严也是当时的名士,不仅人品值得人称赞,而且诗学、理学造诣极深,况且二严又是吕留良的亲传弟子,有这样的老师,沈在宽怎能不出类拔萃?当日科考结束二人便换帖成了异姓兄弟。沈在宽在临行前告诉曾静自己住在浙江嘉兴府,并给曾静留下了详细的地址。曾静回到家乡后真是百无聊赖,想不如趁这个时候出去一趟,一来很想沈在宽,二来也散散心逛逛风景。

曾静按沈在宽留的地址来到了嘉兴沈家门前。从外看来沈家屋脊相连也是一个大院落,黑漆大门铜钉铜把,门楼上高挑两个大红灯笼,两个金漆的"沈"字闪闪发光。曾静上前扣打门环,几声清脆的扣打声后大门被轻轻打开,里面走出一个年轻仆人。曾静说明来意后,仆人领着他进了沈府。曾静跟着仆人跨过跨院,沿着回廊慢慢走到会客厅,路程并不很远。曾静在行走中暗暗称赞真是诗书之家,屋宇亭台别有一番味道,怪不得沈在宽身上飘逸着一股俊朗之气,试想长久生活在这样的诗书人家,又怎么能不沾染着梅青竹绿的清高之气呢?正想着,仆人已经把曾静带到会客厅,曾静坐下后仆人送上茶水,仆人毕恭毕敬地请曾静稍等片刻,他去请沈公子。

此时沈公子正在后房读书。仆人走后曾静仔细打量这间房,这间房面积不小,屋子中央有个长桌,此桌很长可供几个人同时写字画画,上面笔墨纸砚样样俱全。见那砚台都是上好的端砚,纸清一色是徽州宣纸。长桌的周围是半圈椅子按椭圆形状排列,椅子与椅子之间是小茶几。所有桌椅都是楠木做的,手工雕花越发显得古色古香。客厅中这样排列桌椅的方式曾静还是头一回见到,别人家招待客人的会客厅一般是两排茶桌茶椅,中间有一个过道,过道头处面南背北横着两椅一桌,长桌背后一般是一幅巨画,画上大部分画着青松翠柏或猛虎下山。再看沈家客厅的墙上垂着的都是各名家墨宝。曾静仔细地看了一下身边的一幅字,赫然署着"吕晚村"三个字。暗想莫非是吕留良手书,正想仔细看看的时候,就听到了脚步声响,进来的不是旁人正是沈在宽。

沈在宽一代才俊,中上等的个头,面白如玉,眉宇之间透出飒爽之气。在宽进了门便拱手笑道:"曾兄,想死小弟了,多日不见兄长一向可好?"

曾静连忙拱手还礼,说:"在宽,从那天一别真是十分想念,这几天有空就跑来看你了。"

兄弟二人手拉手坐下聊着分别后的一些事情,说说笑笑不知不觉已经到了黄昏时分,沈在宽又让曾静留下来吃晚饭。沈在宽告诉曾静沈老先生出门远游,家中只留下他一个人。沈老爷临行前嘱咐在宽不要贪玩,要勤读诗书,否则的话回来后一定要惩罚在宽。沈在宽不敢不听,每天在家写诗读书。听家人说有个叫曾静的来了他真是喜上眉梢,放下书马上出来和曾静见面。晚饭后沈在宽又执意留曾静住在家中。

晚上,他们两个人秉烛闲谈,曾静忽然想起白天在沈家客厅中见到的，就问："在宽，为什么贵府会客厅与别家不同，莫非这么大个沈府没有书房，竟与客厅混用？"

在宽笑道："非也，非也，只是因为家父特别喜欢书画，而且家父的朋友很多都是当代书画名家，他们互相切磋总要要上几笔，父亲索性将会客厅改了，这样既可会客又可书画，岂不两得？"

曾静道："原来如此，我见垂挂的墨宝中有一幅署着'吕晚村'的，可是吕留良先生真迹？"

在宽道："曾兄有所不知，家师严鸿达、严鸿逵二位先生是吕留良的学生，而且家父也跟吕家是朋友。这幅字就是吕先生生前光临寒舍时亲笔所写，怎么会不是真的？"

吕留良也算是当时的文坛领袖，他的大名曾静早听说过，以前曾静也读过吕留良评点时事的文章，说理透彻、立意深远。曾静非常喜欢，常将它摆在案头把玩，可是一直没有机缘深入研读吕留良全部著作。没想到沈家与吕留良竟有这样的关系，曾静对沈家随之又多了一层亲切。沈在宽的书房中收藏着吕留良的全部文章，成集成册装订得很精美，曾静就像见了稀世珍宝一样爱不释手，不住地发出赞美之声。沈在宽见他如此喜欢便道："曾兄如此之爱，不如这些就送给曾兄了，我家中还有晚村先生的藏书，家父因为喜欢就刻印了许多份，这只不过是其中之一。"曾静听沈在宽这么一说不禁喜出望外。

当晚曾静翻来覆去睡不着觉，心里有股说不出的滋味。曾静觉着自己快到而立之年了，依然一无所成，读了书不过还是个秀才。晚村先生一生也没做过官，可是名气在外，仰慕之人不计其数。大丈夫建功立业即使不能扬名立万，也不能白活一回。为什么不效仿晚村先生读书著说，用深刻的道理启迪后世呢？

本来曾静打算在浙江停留几日就起程或回乡或到别的地方游玩。此时他改变了主意，他决定就留在这里找一个僻静清幽的地方细读吕先生诗文，广交朋友做一个风流文人也不算白活。

第二天清早他就把心里打算的事讲给沈在宽听，沈在宽听后一百个赞成，兄弟俩可以常来常往好不快活。沈在宽想留曾静在家里长住，可是曾静不肯，曾静想找一个清净的地方，有山水为伴，竹鸟鱼虫为邻。沈在宽忽然想起沈家在西湖山有一处房产，多年前跟着母亲去西湖山尼姑庵进香，在那里休息了一会儿。房子很多年没人住了，简单修一下还是可以容身的。

于是曾静就搬到了沈家西湖山的茅屋之中。背山面水花香鸟鸣，茅屋斜对着不远处有个尼姑庵，每日晨钟暮鼓，香烟之气飘散而来缭缭绕绕，闻着就觉得身轻体健。茅屋正对面有户人家，家中只有一个大婶带着个女孩子。她们都穿着粗布衣服，可还是可以感觉到从这对母女身上散发出的书卷气。

时间久了曾静慢慢和她们熟了起来。有时衣服破了大婶会找来碎布给他缝上，大婶家里要是做了什么好吃的也会给曾静留出一份。曾静听大婶叫女孩子四娘，他也跟着叫她四娘。此时的四娘十四五岁了,当年林氏离开吕家带四娘来到这里的时候,四娘还是个孩子。转眼十几年过去了,四娘已出落成一个大姑娘,身材修长,面色红润,皮肤白皙,眉眼之间流动着光彩,骨子里透着轻盈的高贵之气,真是赏心悦目。见曾静是读书之人,四娘就"曾先生""曾先生"地叫,还把自己在读书中遇到的不明白的地方向曾静请教,曾静也一一详解,四娘也是绝顶聪明一点就通。

曾静每天潜心读书,长进很快。每次读吕先生的文章都会有心得,曾静高兴得不得了。他常常感觉吕先生文章中隐藏着极深的含义,吕先生的字里行间流露着对国家民族的深切忧思。曾静读书之余常与沈在宽等相聚交流心得,有时谈论国事常常愤怒不平,他们对雍正皇帝大兴文字狱迫害异己的残暴行为痛恨不已。

朋友的圈子越来越大,沈在宽常把当地的一些名士带来介绍给曾静,这些人大多是汉人学子,不满朝政的占多数。这一天曾静早起读书,快到中午的时候忽然听到外面有脚步声,有人敲打柴门。曾静心想,难道是四娘?不禁高兴起来。在这深山闭门读书,和四娘一家为邻,林氏婶子对自己和善周到,四娘更是伶俐可爱。不知不觉中曾静心中已深深印下了四娘的影子,心想此生要是有四娘为伴,真是不枉来人世一回。慢慢地曾静发现要是有一天见不到四娘,就好像心里少了点什么,吃不香睡不着。今天一听有人敲门,以为是四娘来了,他慌忙跑了出来,可是发现站在门外的不是四娘却是沈在宽,沈在宽身后还跟着个书生,这个人以前曾静从没见过。一番客套之后,沈在宽给曾静介绍,这个人名叫张熙,湖南衡阳一个穷乡僻壤的乡村老师。张熙原是个秀才,因为多年科举不中,所以抛弃功名,以授徒为生,家里没钱穷得很,对社会很不满。算起来也是曾静的老乡了。他刚从衡阳来,本来打算到杭州寻访友人,没想到朋友全家牵连到文字狱中。因为以前和沈在宽有过一面之缘,于是他就到嘉兴,来投奔沈在宽。

曾静正巧想打听一下外面的情况,就问道:"张先生,不知你的朋友是谁,为什么卷到了文字狱中?"张熙听曾静这么一问,连忙摇头说:"惨啊,太惨了。"张熙的挚友是杭州名士汪景祺的公子。雍正初年,汪景祺的朋友胡期恒任陕西布政使,是年羹尧的心腹。汪景祺到军营里看望胡期恒,乘机投书拜谒年羹尧,做了年羹尧的临时幕客,又把《读书堂西征随笔》二卷,献给年羹尧收藏。

雍正做了皇帝之后就想除掉年羹尧,结果找了个借口把他斩了,抄家之时《读书堂西征随笔》被缴进宫中,雍正暴君读后咬牙切齿。随笔中写着"狡兔死,走狗烹",本来想提醒年羹尧。暴君因此恨之入骨,于是汪景祺被定处斩,砍下人头不算还要在菜市口示众,他的头骨至今还在北京菜市口呢!汪景祺的妻子和儿女被发配到黑龙江给披甲人(满洲军士)当奴才,受尽凌辱,兄弟叔侄都被流放到宁古塔,就是八竿子碰不到的远亲只要有当官的就都革了职,交给原籍地方官管束。由于牵累的人太多,汪景祺居住的平湖县城甚至传出"屠城"的谣言,居民惊惶逃窜,可叹一方儒学之士就这么惨死屠刀之下。曾静听后拍案而起，大叫："真是岂有此理，荒谬！荒谬！"曾静近日读得吕留良"清风有意难留我，明月何曾不照人"的诗句感触很深，又常听说清廷暴行，所以对如今的朝廷非常不满。

三人正说着话，门外有人呼喊"曾先生"，曾静听声音知道是四娘来了，赶忙跑出来。四娘端着一个托盘站在柴门之外，看见曾静出来笑着说道："曾先生，今天母亲做了一道可口小菜，知道先生肯定没吃饭，所以特地让我给先生送来。"曾静连忙拱手称谢。

正在此时，张、沈二人也闻声走出茅屋，沈在宽看见和曾静说话的女孩，同自己年龄相仿，清秀可人，有似曾相识之感，可又想不起在哪里见过，只是呆呆地站在那里。四娘一抬眼看见曾先生身后还有两个人，知道先生有客人。眼角余光中看见有一个英俊少年呆呆地站立，一直盯着自己，脸一红就没再说话，只和曾静道别后匆忙转身，走过几步后却又放慢了脚步，随即好像又想起了什么似的加快了脚步，头也不曾回地一下进房去了。

曾静目送四娘回房转身之时，沈在宽还在那里呆呆站着。见此情景曾静心中已明白七八分，到底他比沈在宽年长几岁，沈在宽正是情窦初开的年纪，难免对女孩产生思慕之意。曾静哪里知道沈在宽就这一眼便定下了一生之情，他此后漂泊起伏的命运都与这个女子有着千丝万缕的纠葛。

因为四娘的突然出现，曾静便把话题转到了在这里的生活上来。他把来茅屋后的生活经历一一介绍给沈、张二人，并说四娘聪慧过人,常来此请教书中之事。曾静对他和四娘之间的事情是津津乐道。沈在宽听得入神,嘴里念着:"四娘,四娘,原来她叫四娘。"

从那以后,沈在宽就成了曾静茅屋的常客。沈在宽就觉着有一股神奇的力量牵引着他,脚也不听自己使唤了,脑子也不听自己使唤了,他总是呆呆地愣在那里,有时偷偷地乐,有时还发愁。四娘的影子总在他脑子里转,那么地让他牵肠挂肚。一看到四娘天空就像绽放着万丈光芒,一天见不到四娘他就愁容满面,吃不好睡不香。听说四娘喜欢诗文,沈在宽就想有机会送给四娘一本,一时又不知送哪本好,恰好父亲带回一本吕晚村先生的真迹拓本,在宽就将这本书放在身上。也巧这一天沈在宽又来到曾静的茅屋,看到曾静正坐在四娘家中院内的石桌旁边,四娘拿着本书站在一侧。沈在宽知道这是四娘又在请教曾先生呢!伸手摸摸诗文还在,打定了主意。他轻轻扣了一下柴门,四娘抬头一看认出是那天曾先生家中的青年后生,脸一红马上又低下了头。曾静一抬头见是沈在宽就招手让他进来,沈在宽忙掩饰住慌乱之色,走了进来,开口道:"曾兄,因为昨天在家中又找出一本吕晚村先生的诗集,今天特地来请教。"于是向怀里一掏把那本书拿了出来。

四娘本来不敢抬头,看见沈在宽她的心就嘭嘭乱跳。不过一听沈在宽拿着的竟然是祖父的诗集,她喜出望外,也没顾得上是否失态,一把抢了过来。沈在宽和曾静一愣,趁机沈公子把四娘看了个究竟。以前他见过四娘许多次,他都没敢仔仔细细地看，今天得偿所愿，发现四娘越发地标致、玲珑了。

四娘知道失礼，慌忙将书放在桌上。沈在宽马上说："姑娘要是喜欢，这本书在下就送给姑娘了。"

只见四娘眼里含泪，说："二位先生有所不知，刚才四娘鲁莽是事出有因，吕晚村先生就是我的祖父。祖父逝世时四娘还小，不过懂事后母亲把祖父的事都告诉了我，四娘崇敬万分。今日见到祖父诗稿过于急切了，多有得罪。"

二人听罢惊愕万分，没想到眼前的四娘竟是吕留良的孙女。沈在宽也说出了自己跟吕家的渊源，马上觉着和四娘的关系亲近了许多。曾静在一旁看他们二人谈得那么投机，脸上有了几分妒意。

正聊着，听外面有人咳嗽一声道："曾兄、沈兄好雅兴，有喜事也不招呼小弟同乐。"来人正是张熙。沈、曾二人忙请他进来，他在门口向四娘拱了拱手说："四娘小姐，今日来得匆忙，实在是因为有要事找二位兄长商量，改日小生定备薄礼登门拜访。"二人一听忙起身告辞。

沈在宽比曾静稍晚一步，回头对四娘说："小姐，今日得知小姐是吕先生的孙女，心中倍感尊敬。一本诗集只是在下的一点儿心意，况且也是尊祖父的手书，请小姐一定要收下。"吕四娘低着头，红着脸。沈在宽向门口走去，马上快出门时突然转过脸来看了四娘一眼。恰在此时，四娘也正目送他离开。四目相对只一刹那间，沈在宽眼前一亮，心中好像有汹涌澎湃的潮水毫无遮掩地奔腾而出。四娘低垂眼睑，粉面羞红。

沈在宽到曾静的茅屋时，曾静和张熙已经坐下。张熙道："二位兄长可知如今的川陕总督岳钟琪吗?"曾、沈二人不语，张熙接着说："他是岳飞的二十一世孙，我有一个同乡到四川寻亲，前几日他从四川回来说，岳公爷带川陕兵造反了，西城门外开有黑店，要杀人! 而且我的同乡还说，岳大人一向和朝廷不和，岳大人尽忠爱民，曾对皇帝说了些忌讳的话，朝廷屡次召他进京，要削夺他的兵权。还传说岳钟琪是大学士朱轼保举推荐的人，后来岳钟琪进京后，皇上仍派他回四川继续任职，朱轼当时不愿再保，其他大臣也不敢保，结果岳钟琪刚出京门四天，皇上又派了一个叫吴荆山的官员去把岳钟琪追回来，但岳钟琪不肯从命，吴荆山没有办法，只好自己自刎了。"

曾静道："这一切只不过是个传闻，到底这岳将军如何，真的会像传闻那样敢于起兵造反吗?"

张熙道："是啊，我也有过这个疑问，不过我那个同乡说，四川的老百姓都知道这件事，而且听说现在还有许多汉人志士投向了岳将军。我想既然这么说也未必是空穴来风。我想他是岳王爷的后人，民族大义总会有。岳王爷一身正气誓将蛮夷驱出中原，如今又是蛮夷当道，我想岳将军身为汉人定不会辱没其祖宗的英名。"曾静、沈在宽听了张熙的一番话情绪高涨起来。三人一致认为这个岳钟琪一定会在某个恰当的时机起兵造反，把满人赶回山海关外去。

三人商议后决定由曾静写一封信，信中表明这些汉人学子的衷肠,力邀岳将军起事,将鞑子赶出中原。不过最后为了安全起见信没有署名。于是张熙怀揣书信直奔四川,到了四川后才知道岳钟琪调任陕西,只得又转路奔了陕西。张熙这样就耽误了许多日子。曾静等了多日不见张熙回来,想起从家乡出来一转眼已是一年有余,不如趁此清闲之时回乡探望父母。待到真的起事便会有许多大事要做,哪里会有时间。到这时曾静还在做着春秋大梦。

再说张熙到了陕西,古城西安刚下了一场小雨,除了路上的灰尘比原来稍微少一点儿外,一切看来和往常没什么两样。一阵秋风刮起,路上走的行人似乎也比往日里要快些。这时,街上一阵喧哗,官府的衙役们高呼"肃静""回避",路边的人听后纷纷让道。原来,是川陕总督岳钟琪刚刚从外面访客回来了。城里的人见怪不怪,依旧各走各的路,但正当岳大人的轿子快要到总督府门口的时候,张熙突然出现,只见他直奔总督大人的轿前冲过警戒线将信呈了上去。岳大人接过书信,微微扫了一眼便脸色大变,当下就喝令将此人抓住送监,随后迅速将此书信揣入怀中,便急急忙忙地进了总督府。书信的封面赫然写着"天吏元帅岳钟琪大人亲启",这几个字让岳钟琪的神经立刻绷紧。

回到总督府后,岳钟琪屏退左右,独自进了一个密室,小心翼翼地把信封撕开,然后哆哆嗦嗦地将信纸抽出,匆匆浏览了一遍。正所谓不看不知道,一看吓一跳,岳钟琪读完信后冷汗直流,原来,这封信对当今皇上进行了极为恶毒的攻击,其中列举了雍正"谋父、逼母、弑兄、屠弟、贪财、好杀、酗酒、诛忠、好谀、任佞"的十大罪状,说雍正即位后,连年灾害,民不聊生,并对雍正的继位提出了严重质疑;随后信中又说,满人是夷,华夷之防,断不可开,满人皇帝和满人统治都不合法。既然如此,岳大人作为大英雄岳飞的后人,何不继承祖上之志,利用手握重兵的机会,振臂一呼,必然是应者云集,成就反清复明之大事业,亦可青史留名,流芳千古,何乐而不为呢?

岳钟琪这下着实吓得不轻,他看完后,抹了抹额头上的汗,心想自己还算幸运,这封信落在自己手里,倘若落到朝廷里的冤家对头手里,那还不知道要掀起多大的风波呢!

由于事情重大,加之自己又脱不了干系,岳钟琪只得忐忑不安地派人将此信以最快的速度密报雍正,请求如何处理。在等待朝廷旨意的同时,岳钟琪先对这个投书人严加审讯,将他打昏在地,冷水浇醒,随后又苦苦逼问他到底是受何人指使,用意何在。张熙见势不妙,只说自己名叫张倬,这书信乃是有人给了自己钱让自己转交,其他的紧咬牙关,一概推说不知。岳钟琪也不敢猛下狠手,怕万一把人给打死了,雍正怪罪下来,弄不好会说他杀人灭口,到时候就是跳进黄河也洗不清了!

幸好密旨很快就到了,雍正在谕旨中心平气和地说:"遇此等人物,不得不有一番出其不意的手段,严加审讯。"雍正还建议说,不要采用原先那种简单粗暴的刑讯逼供,而要想个引蛇出洞的法子进行诱供,一定要把这事查个水落石出。

岳钟琪自然不敢怠慢,他绞尽脑汁,终于想出了一个顺水推舟、以假乱真的诱供之计。他心想,既然这些个"愚民"非要让他当什么民族英雄,那就冒充一次吧!为了免得落下把柄,岳钟琪请示朝廷后,便和陕西巡抚西琳(满人)临时搭档,两人一明一暗,一起来审这个案子。

随后张熙被五花大绑地押到公堂之上,岳钟琪脸一黑,喝道:"大胆狂徒,竟敢口出狂言,诬蔑我大清盛世!看在你是读书人的分儿上,暂不用刑,你莫要不识抬举!还不速速将指使之人从实招来,免得受皮肉之苦!"这时,陕西巡抚西琳则躲在屏风后面听审,看看张熙有何表现。那张熙上次已经被打得半死,倒还算有点骨气,他立在堂上,冷眼默对,就是一言不发。岳钟琪大怒,惊堂木一拍,喝令用刑。众衙役一拥而上,又是一顿狠揍。不过,这次由于总督大人早有交代,这些人明显手下留情,虽然张熙再次被打得皮开肉绽,但却未伤筋骨。

当夜,张熙却被人从监牢中悄悄地提出,岳钟琪一改前几次凶神恶煞的模样,他屏退左右,疾步上前,亲自为张熙松开捆索,并握着张熙的手,眼含泪水地说:"壮士,你受苦了!"随后,岳钟琪大献殷勤,亲自为张熙端茶倒水,让他不要惊慌。

接着,岳钟琪又是惭愧又是抱歉地说:"我岳某早有反清大志,奈何时机尚未成熟,只能暂时隐忍不发。这次对壮士用刑,实在是不得已而为之,主要是为了掩人耳目。再者,当时也实在是不知道壮士的真实身份,不得不有所防备。但如今看来,壮士的确是真心反清的大丈夫,有骨气的好男儿,岳某十分佩服。如有得罪之处,还望壮士海涵一二!"虽然岳钟琪一顿恭维,但张熙也不完全是傻瓜蛋,心想此人转变如此之快,未免蹊跷,也不知道他是真是假。岳钟琪见张熙不为所动,便命手下送上酒菜,让他坐下来,两个人边喝边谈。席间,岳钟琪施展他的三寸不烂之舌,大骂满清鞑子和走狗,亡国之痛,溢于言表。随后,岳钟琪又诉说自己是忠良之后,实在是愧对先人。说到慷慨激昂之处,岳钟琪鼻涕眼泪流了一大把,大有"笑谈渴饮匈奴血"的气概。

张熙毕竟是个书生,喝了点酒更是糊涂,一时还真被岳钟琪所感动,两人随后谈起反清大计,倒是极为投机。酒至酣处,两人似乎已形同知己,大有相见恨晚之意。岳钟琪当下就赌咒发誓,誓要将满族鞑子赶出中原,为了表明自己的诚意,他约张熙明日一起盟誓结义,共举反清大旗。

第二天早上,张熙的酒醒了不少,正疑惑岳大人是否真心反清的时候,便有人把他接到一个密室。岳钟琪早已在那里等待,密室里香炉也早已摆好,见张熙进来,岳钟琪便拉他一起焚香跪拜,对天发誓,两人结为兄弟,从此以后两人同心同德,患难与共,驱除满人鞑子,倘若有二心,一定天打雷劈,不得好死。殊不知,密室的屏风后面,还有个人在偷听。不过,这是岳钟琪为了证明自己的清白,而特意安排了巡抚西琳在暗处窥听了整个过程,免得落下把柄。

岳钟琪不惜以总督的身份与张熙义结金兰,顿时把张熙仅有的一点儿疑虑也彻底打消了。张熙只是个没见过世面的读书人,哪里会知道官场上"翻手为云,覆手为雨"的各种阴谋诡计,这下很快上了岳钟琪的当,他感动之余,更把整个事情和盘托出。岳钟琪见张熙已经落入自己的圈套,便顺势说自己也早想造反,但苦于自己身边没有诸葛亮、刘伯温这样的谋士,一时也无从动手。张熙听后,便说友人曾静英明睿智,必定能担此重任。他还说,光凭策反信里总结的雍正"十大罪状",就足以显示曾静的理论水平。张熙还得意地说,他们在湖广、江西、两广、云贵六省都已发动了群众,一呼百应,反清事业定然成功。

岳钟琪听后,哑然失笑,便让张熙告知曾静的住址,好派人前去迎接。张熙不知是计,便把所有事情全部供出。等套到了张熙、曾静等人的详细情况,戏也就演完了。岳钟琪随后脸色一变,喝令将张熙押监,便通知兄弟省的相关府县迅速捉拿曾静等人。

曾静他们哪里知道,岳钟琪此时已是雍正的重臣。当街喊岳钟琪要造反的卢汉民,经有关部门的严格鉴定,此人是精神病患者。皇上对岳钟琪宠信有加,那些君臣隔阂的传言纯属胡编乱造,什么因追不回岳钟琪而导致京官自杀的事情乃子虚乌有,根本没有的事。

很快曾静被捕,家人无一遗漏全部下狱等待发落。在曾静家中抄出大量吕留良的书稿。雍正皇帝认为仅凭几个小伙子就敢做出这样的事不太可能,其背后定有人主使。雍正帝派出钦差大臣主审此案就是要找出背后的人物,可是久审无果,哪有什么背后的人。为了能向皇帝交差,钦差大臣从曾静所读的诗书上下了功夫。根据岳钟琪提供的反信中所写的"满人是夷，华夷之防，断不可开"几句话找出了吕留良书中"华夷之防"的原话，从而得出了曾静所为是受吕留良反清思想蛊惑，从而做出鲁莽行为的结论。而雍正皇帝也认为事实就是如此，在他眼里几个青年后生成不了什么大事，真正是祸患的是吕留良及其一干人等的言论。要维护大清的统治，要正视听，吕留良必须除掉。可是吕留良在十几年前已经死了，那就得拿他的家人、门生开刀。于是一场血腥屠杀开始了。

再说四娘，外面世界的腥风血雨她哪里知道。曾静走前的那一晚特来向她们辞行，只说回乡看望父母，也没说明归期。四娘每日拿着祖父的诗集，不停地玩味，有时还痴痴地发呆。想起赠书那时的沈公子，四娘心中涌起一股莫名的情愫。还沉浸在儿女世界中的四娘万万没有想到大祸已离她们母女不远了。

第二回

吕四娘携母免于难
黄犊老念旧庇三人

　　这一天,母女二人刚刚吃过早饭,林氏收拾完了正要去庵中上早课。忽然传来一阵急促的敲门声,有人在喊:"大少奶奶,大少奶奶……"林氏仔细一听是老家人吕德的声音。老家人为什么这时候来了,而且好像有什么急事,她马上出去把门打开。果然是老家人吕德,只见吕德风尘仆仆,一脸憔悴还挂着几道血痕,衣服也破了几个洞,脚上满是泥水。"老家人,这是怎么了?"林氏赶紧问,心中预感到好像有什么不祥的事情发生了。吕德勉强止住了喘息:"大少奶奶,不好了,吕府被抄了,满门都惨死在屠刀之下。大少奶奶快走吧,带上小姐,晚了官府就要找来了。"林氏一听这消息,头"嗡"的一声,仿佛失去了知觉,身子摇摇晃晃眼看就要倒下,吕德连忙上前扶住,使劲掐她的人中,林氏才醒过来。林氏失声痛哭,正要问清事情的经过。吕德无心仔细说事情的来龙去脉,只催林氏赶快收拾行李逃命,林氏也不敢迟疑,草草拣了些简单的衣物,捆成个小包袱,然后牵着女儿去向庵主辞行,只说是家里出了事,得回去看看,就跟着吕德上了路。

　　吕德带着林氏和四娘也不知往哪里去,为了躲避官兵的搜捕只能走小路。小路沟沟坎坎，她们母女又脚力有限，每日只走很短的路。途中吕德讲述了全家遭难的经过。那天吕德奉主人之命到山里收租，一走就是几天。当吕德收租回来时，却发现家门已被封了，家里的一干人等都不知到哪里去了。吕德意识到一定是出事了，不敢在门前逗留就来到了严家。严家两兄弟是吕老爷的弟子，现在又是吕家的常客，吕德想到那里去打听一下家里出什么事了。谁知严家的情况与吕家一样也是抄家封门。吕德又马上跑到沈家，沈家同吕、严二家没什么区别。当时吕德就吓出了一身冷汗。吕德暗地里打听才知道原来湖南有一个秀才叫曾静，想反清复明，没想到事情败露。曾静是读了吕老爷的书才有反意的，所以皇帝下令把吕家满门斩首。吕德讲到这里呜呜地哭出声来。还有更惨的事，官府把吕老爷和大老爷的尸骨从地下挖出来，斩了首，鞭了尸。林氏听到这里放声大哭，公公与丈夫都是死去的人了，还是难以逃脱这样的劫难。听了这些，四娘瞪圆双眼，咬紧牙关，气得浑身发抖。她一伸手从大襟里衬上撕下一块布，咬破中指写下"不杀雍正，死不瞑目"八个大字。

吕四娘心乱如麻，吕家遭到这么大变故原来和曾静有关。没想到曾先生平日里深居简出原来是反清义士。她马上又想到了沈公子，沈公子一点儿消息都没有，也不知是死是活。现在她们主仆三人逃是逃出来了，可是往哪儿去呢？幸好吕德收租回来，身上还有些钱，省些用能维持一段日子。大路他们不敢走，就只能拣些偏僻的小路，遇上个小村子还可有个落脚的地方,买些吃的。遇不上时往往忍饥挨饿,这一路上风吹雨淋实在是辛苦,三个人就这么漫无目的地走着。她们到底走出多远也不知道,走到了哪里也不知道。

林氏是个妇道人家,过了十几年清净无为的日子,哪经得起这番惊吓。听说家中遭遇这么大的劫难,心里就窝着股火,渐渐肝火上升。刚开始为了避难,慌忙出逃还没觉出什么。时间久了就感觉体力不支,再加上一路上颠沛流离又染风寒,于是病了。

这一天,她们来到一个市镇,这市镇不大倒还挺繁华,街上买卖店铺不少,人来人往。林氏实在支持不住了,脚一软身子往下坠。吕德慌忙托住林氏,四娘在旁边呼叫母亲。林氏无力地挑起眼皮,连说话的力气都没有了。吕德四处看了看,前面不远处有一招牌上写着"谭家老店",于是和四娘一起把林氏扶进了店里,要了两间房,暂时安顿下来。吕德马上去找大夫,大夫看过后开了药方,告诉四娘夫人病得不轻,要好好休息慢慢调理,再不能长途劳顿了。

吕德跟店主人一打听才知道他们已经来到安徽境内,现在这里正是黄山脚下。这个小镇叫黄华镇,是离黄山最近的一个镇子。来往黄山的人大多要在此落脚,所以才让这个不大的小镇这么繁华。没想到不到一个月他们走出这么远来,大少奶奶又病了,吕德想不如暂且住下来,浙江府离这里这么远,应该不会太危险。

林氏病得还真重,一病不起。几副药下去也不见什么起色,一则林氏长途跋涉劳累过度,再加上心病过重,一想到公公与丈夫死后还被鞭尸，至今遗骨在哪儿都不知道，就痛哭流涕。又想自己这一生凄凉无助连个安生地方都没有，心情沉重病好得就慢。二则，这里繁华不过是靠着来往黄山的游客，住店、吃饭还可以，要说求医问药就不尽如人意了。大夫医术不高，药品也相对稀缺。一来二去十多天夫人的病不见好转，这可急坏了吕德，夫人的病不知还要拖到什么时候，况且手中的钱也没多少了。

这一天，吕德又去抓药回来，正想到后面给夫人煎药，被店主人叫了去。店主说："老人家，实在不好意思。我家店这几天被人包下了，客人要求店里的人全都搬走，为的是图个清静。老人家您看是不是也请……"

话还没说完，吕德一把抓住了店主人胸前的衣服，瞪大眼睛，大声喝道："怎么我不给你店钱吗？那人住店我也住店，总得有个先来后到不是？况且你看我家妹子（林氏与吕德在外以兄妹相称）动弹不了，你要我怎么走？"吕德平常也是个老实人，不言不语。不过这几天心火太盛，憋在心里发不出去，今天店主撞到枪口上了，吕德扬手就要打店主。

但他高高抬起的手被另一只手牢牢钳住动弹不了，吕德回身看见一个高个汉子，阔口圆眼，粗壮无比。这人怎么这么大劲，捏得吕德手腕酸麻。

"有话好好说，怎么能打人呢？"说话的人不是高个汉子。吕德向旁边看了看，一个白衣少年端坐正中，他周围站着一圈人，个个都像高个汉子一样粗壮。这小伙通身上下洁白无比，眉目清秀透着那么股子傲气。店主挣脱了吕德慌忙来到白衣少年跟前，施了一礼说："公子有所不知，我要这人搬走，这人不但不走还要打人。"

吕德大怒道："你这说的什么话，我们哪里是不走，我家妹子病得动弹不了，在你店里已经很多天了，你又不是不知道，你见钱眼开，落井下石，良心让狗吃了。"

白衣少年听完他们的一番话，也明白了八九分，就说："既然有病人，怎么不早说？算了，让他们住着吧，也算做了一桩善事。"

"可是公子……"高个汉子正要说什么，被白衣少年摆手止住了。高个汉子放开了吕德的手，吕德霎时感觉手已经不是自己的手了，他蹲在那里不住地揉搓。

四娘正在侍奉母亲，听到下面有人争吵，听了一会儿好像是吕德的声音，于是慌忙跑下来，看看发生了什么事。慌忙下楼时正撞上迎面上楼的一人，撞了个满怀。四娘差一点儿栽倒，被对面来人稳稳地扶住了。四娘抬头一看，这人剑眉朗目，五官轮廓分明，好一个帅气的少年，通身洁白更增加了几分的俊气。四娘马上让出路来，心想刚才怎么这么鲁莽。那少年愣了一下说："小姐没事吧？"四娘摇头不说话，脸涨得绯红。等少年上楼去，四娘才又跑下，到了吕德身边扶起了他。吕德依旧去后房煎药。

林氏这几天病不但不见好，又多了新病。每到夜晚咳嗽不停，林氏痛苦异常。这一晚林氏咳嗽得比哪天都严重，几乎要把整个心肾都从嘴里吐出来。四娘在旁边端茶倒水，眼泪直流，恨不得替母亲分担痛苦。林氏一咳嗽不要紧，整个店铺上下都不得安生。猛然一阵砸门声，吕德开门一看是店主，后面跟着的是白天捏吕德手的那个高个汉子。店主不断地埋怨，让他们马上就走，免得吵了贵客。

正在此时就听有人说："吵什么，不知道这里有病人吗？"众人往旁边一闪，又是那个白衣少年走了进来，高个汉子见了白衣少年马上站在一旁。白衣少年示意他们都出去，让吕德把门关上。四娘一看正是自己在楼梯上撞到的少年，心里一阵紧张。少年走到床边看了看林氏，伸出手来给林氏号了号脉，眉头一皱。片刻后，少年走到桌旁拿起笔来写了个方子，交给吕德，告诉他明天照这个方子抓药。又从怀中掏出几颗丸药放在桌上，嘱咐吕德马上给林氏用温水送服。每天一颗，晚上服用，说完后走了出去。真是神药，林氏吃了这颗药心平气畅，睡了个安稳觉。

吕德第二天照少年的方子抓了药煎给林氏，几天后林氏露出好转的样子，也有了力气，慢慢能下床走动走动了。四娘一家对白衣少年感激不尽，可又不知怎样感谢。转眼又是半个多月，林氏的病看来也好了，吕德也盘算着下步该怎么走。

这一天四娘到街上买些日常用品，正要往客栈里走，看见一群人正往这里来。四娘一眼看出那群人中间走着的正是白衣少年。这几天多亏了少年的药，母亲的病才有好转，四娘几次想表示感谢，可惜都没有机会，今天恰巧在街上看到，于是四娘走过去轻声叫一声："公子，可否借一步说话？"少年一看是四娘，就走了过来弯腰施礼。旁边恰好有一个茶

白无双给林氏号脉

摊子，二人便在这里坐下了。四娘正要说出感谢的话，少年忙摆手道："此等小事何足挂齿，江湖人哪有见死不救之理？令慈病情严重，虽见好转却没有去根，所以小姐需好好照料，不可再让老人家劳心劳力了。小姐不来我也正要找你们，我出来很多天了，如今马上要回去，既然见到了小姐就不再特地去告辞了。"

四娘想再说点什么，可是又不知说什么，想起还不知恩公姓甚名谁，于是问："还不知公子大名，他日有缘一定要报答公子救母之恩。"

白衣少年答道："在下白无双，小姐不用说报答的话，小事小事。只是在下还不知小姐芳名，小姐可否告知。人生何处不相逢，自此一别，无双在江湖中又多一朋友。"

四娘一时语塞。此次逃离浙江，他们一路隐姓埋名就是怕露出真实身份。今天恩公问起要怎么说呢？不说真实姓名吧，毕竟人家对自己有恩，说了真实姓名又怕再惹事端。正犹豫着，白无双看她不说话，就不再追问了，起身向吕四娘告辞。四娘闷闷不乐地回到店中，母亲和吕德早就等在那里。林氏看着四娘说："孩子，我们在这客店中耽搁了二十几天了，是得打算一下以后要怎么办了。"

四娘道："娘，白公子说母亲的病没有全好，不能再劳心劳力了。"

林氏道："没事的，娘全好了，我们是该走了。"

"可是娘，我们到底要到哪里去呢？"林氏没有回答，她也不知道她们未来的路在哪里，只能往前走。

第二天一早，他们离开了谭家老店，向黄山松云深处走去。黄山是个好地方，青山翠柏相映成趣，古树参天，飞鸟往来，空气中弥漫着芳草花香，闻后神清气爽。三个人沿着山间小路慢慢往前走，林氏大病初愈，身体仍很虚弱，走一段路就要休息一下，走走停停一天也走不上几里。

这一天吕德看天快黑了，就对林氏说：“少奶奶，走了一段路了，不如在这里歇息一会儿。我快走几步，看看前面是不是有安身的地方，然后马上回来接你们。”林氏点头。吕德加快了脚步，三步两步没了踪影。林氏母女互相依偎着坐在一块大石头上，吕德去了很长时间也没回来，林氏有些着急，天晚了老家人怎么还不回来。她想离开这里顺着道找吕德去，又怕走岔了，吕德回来找不着她们。

忽然，从前方山坳的大石块后走出一个人，手里拿着一把明晃晃的刀，他不慌不忙走到林氏母女身边。林氏心里明白这个人一定是响马，今天恐怕是凶多吉少。贼人一看只有母女两个人，嘿嘿一笑：“今儿这买卖做得好，不费丝毫力气。兄弟手头紧了，想借点银子花花，夫人行个方便吧。”

贼人说着话还不停用手抚弄着刀背。林氏吓出了一身冷汗，头发根往上直竖，哆哆嗦嗦地说：“好汉，只要不伤我母女性命，我身上还有些银子，全都给你。”贼人紧紧盯着林氏身后的四娘。四娘小小年纪身上有股特别的气质，她狠狠地瞪着贼人。贼人走近她，四娘看清了这贼人的右耳朵少了一块肉。林氏“噌”地站起来挡在了四娘前面，大声喊着：“强盗，别动我女儿！”林氏哪能挡得住他，贼人伸手一推就把林氏摔倒在地上。

　　贼人正要撕扯四娘的衣服,听后面脚步声响,有人跑着过来了,大叫:"贼人住手!"正是吕德。原来吕德走了一段路也没有找到个可以安身的地方,天越来越黑了他不敢再走,转身回来一路小跑寻找母女二人,正好碰到贼人想行不轨之事。

　　贼人转过头来看见有一个粗壮的汉子朝他跑过来,就有点慌乱,举刀就向吕德砍过去。吕德哪是他的对手,躲过两刀后,被贼人一脚踹倒在地。贼人一看吕德是个空壳子,便举刀向吕德脑袋砍下去。就听"哎哟"一声,"当啷",刀落在地上。不知是谁打出了一块石子,正中贼人手腕。贼人东张西望也没看着个人,他知道打他的人是个内力极高的人,自己恐怕不是对手,不如快走。于是捡起刀顺着山路逃了下去,很快消失得无影无踪。林氏三人傻在那里,一切都太快了,他们还没来得及看清是怎么回事,贼人已经逃之夭夭。还没等回过神来,不知什么时候一个老头站在他们面前。这老头胖大的身体,头发已经花白,花白的胡子飘在胸前。"呵呵,三位受惊了!"老头声如洪钟。

　　林氏、吕德已经反应过来是怎么一回事了,林氏跪倒在老人面前感谢万分,说着说着泣不成声。吕德张着大嘴看着眼前的老头,天还没有完全黑,隐约中能够看清人的面庞。

　　吕德突然大叫:"您可是黄老先生吗? 黄犊老先生,黄老先生,您老还记得我吗? 我是吕留良先生家的家人啊!"吕德说完放声痛哭。林氏和吕四娘都愣了,一路上再难也没看见吕德掉过一滴泪。可是见到老先生犹如见到了久别的亲人，吕德再也控制不住，眼泪喷涌而出。

老先生听完，仔细一看果然是吕德，眼圈也湿润了。

黄犊是浙江仙居人，与吕留良有过八拜之交，他曾在清初做过朝廷武将，跟着十四阿哥立下不少汗马功劳，雍正皇帝继位以后，疑心重重，大杀功臣，黄犊及时抽身，托病辞官，隐居到云雾苍茫的黄山深处。

他的儿子黄补庵是吕留良的弟子，在吕家被抄家时黄家也没能幸免，黄补庵也落了个身首两处的下场。黄老先生看天已经黑了，就把三个人带到了自己的家中。黄老先生一个人在这里生活了好多年，"野云草堂"是老人自己取的名字，表明想像闲云野鹤一样自在地生活。林氏将这几年是如何生活的，吕家又是如何遭难的及她和吕德逃出来后路中的境遇一一细说一遍。

听说了吕门的不幸，黄老先生老泪纵横。想起当年和吕老先生在一起的那些日子，仿佛就在昨天，如今的皇帝竟然残暴到极点，连死人都不放过。

黄老先生知道主仆三人无家可归，自己的草堂又有几间闲置的房子，就让三个人住下了。林氏和四娘终于有了安身的地方，几个月以来辛苦跋涉的日子终于结束了。林氏平常做些简单的家务，吕德来往于草堂和集市之间，置办生活的必需品，母女二人的生活又恢复了往日的宁静。

四娘从西湖山逃出来的时候，除了拿几件简单的衣服外，就只带了沈在宽送给她的祖父的诗集。日子静了下来就想起过去的许多事情，想想曾静教自己的许多道理，想起沈公子的一言一行。不知道沈公子如今是什么样的境遇，有时想着想着就不敢想了。又想起白无双，自己连姓名都没告诉他，是不是和他还能再见一面呢？当拿起自己写的血书时就又眼含热泪，大仇什么时候才能报得了，自己一介女流怎么是那皇帝的对手，这一切都没有答案。

真是山中岁月容易过，不知今夕是何夕。转眼间四娘在山里已经半年多了，十五六岁的女孩子正是豆蔻年华，四娘比以前更加修长标致了。只可惜深山寂寞，无处展示风采，她每天闲时就跟着母亲学习些诗书字画和针线女红，更多的时间就是一个人游荡在山野中，与古松奇石为伴。

这天清晨，吕四娘又早早起了床，在晓雾迷蒙的山野中闲游，无意中发现远处的石崖上有个人影飞跃翻腾，身手敏捷，宛如飞鸟野猿。四娘心想这里除了黄老先生和我们三个人，并没有外人，会是谁呢？吕四娘大生好奇之心，悄悄过去一看，啊！原来是他。

第三回

石崖后四娘偷学艺
草堂主慧眼识英才

四娘每天在无聊中打发着日子,想起自己大仇在身,报仇无门,心烦意乱,每天在深山中漫无目的地游荡。这一天清早,四娘发现有人在远处的石崖上练武,四娘就偷偷躲到石崖后看。只见他先是打拳踢腿,接着又舞剑弄枪,一招一式,虎虎生风,直看得四娘目瞪口呆。再仔细一看,原来正是黄老先生。没想到黄老先生竟有如此的好功夫。四娘羡慕极了,自己要想报仇就要学身好武艺,这不正好是个好机会吗?

正要从石崖后走出来,可是她又迟疑了。据四娘这半年来观察,黄老先生一生清高且孤僻成疾,每天他们除了能在吃饭时遇到外,其余时间四娘很难见到老先生。自己是个女孩子,直接提出学武,恐怕黄老先生不会答应。既然无意中发现他练武的地方,干脆偷偷地跟着学吧!

主意打定,吕四娘每天天不亮就起身,蹑手蹑脚地摸到离石崖不远的一个隐蔽处,偷看黄老先生练武,一举一动,暗暗记在心中,然后找一个僻静的地方,仿照黄老先生的动作,比手划脚,先练了一段时间拳脚,后来又折一段松枝作剑,演习剑术,拿来碎石当镖,练习暗器,时间一长,也练得有些模样了。

俗话说功夫不负有心人,时间久了四娘在这几方面均有不小的成绩。虽只是皮毛,还是让四娘激动不已。特别是石镖暗器,她格外用心。记得黄老先生救自己时就用了这招,一石子就把贼人兵器打落,吓得那贼仓皇逃跑。

一天,黄老先生说有事外出,早早地就离开草堂下山去了。四娘不知黄老先生外出,仍旧清早来到石崖后,左等不来右等不来。一个时辰过去了,四娘估计今天老人家大概是不会再来了。正要转身回去,突然一个念头闯进了吕四娘的脑子。偷学武艺这么多日子了,每天练习用的不过是松枝草棍,还从没有拿过真家伙。不如趁老先生不在,借他的兵器试试。想到这里四娘从崖下绕到了崖上。

到了上面四娘一看,此处真是一个绝好的练功的地方。崖上宽敞平坦,放眼望去视野开阔。四娘他们住的地方已经是黄山的高处,这山崖更是高处的高处。远处山间云雾缭绕,四娘顿时觉得就像进了仙境一样,精神为之一振。四娘走进山崖上的一间小草棚,这里是黄老先生放兵器的地方,里面兵器的样式还真不少,什么刀、枪、剑、戟、斧、钺、钩、叉,什么带尖的、带刃的、带钩的、带链的是应有尽有。四娘拿拿这个掂掂那个,看看哪个拿着顺手。宝剑修长,剑锋犀利,寒气逼人,正是四娘所爱之物。于是她手执宝剑来到山崖之上。

她一点一劈,舞动得正酣时,不知黄老先生已来到近前。

见她一招一式居然也有点像模像样了，黄老先生大吃一惊，就藏在一块大石块后面察看。练完剑，吕四娘又随手拾起几枚石子，猛地向百步之外的一棵树扔出一枚，"嗖"的一声，一只松鼠应声落地，真是又准又稳。

黄犊不由得失声叫好。黄老先生绝不是轻易给人叫好的人，今天见了吕四娘有这样的身手，实在出乎他的意料。细细一看，四娘用的功夫正是他本门的功夫，心中就明白了七八分。四娘小小年纪单靠偷学就能到这样的境地，要不是天生就是习武的材料，很难达到这个程度。

吕四娘这才察觉旁边有人，忙顺着声音看过来，原来是黄老先生。四娘的脸"唰"地一下羞红了，慌忙跪在黄老先生的脚下，眼含热泪道："老人家请原谅四娘偷学之过。实在是因为四娘大仇在身，每次想起祖父、父亲死后还身首异处，吕家惨遭灭门，四娘心如刀割。可惜四娘是个女孩子，要报深仇哪是容易的事。有一天看见老人家在这里练功，四娘羡慕不已。想拜老人家为师又怕您不肯收我，所以就偷偷地在崖下学习。"黄老先生一听，好个四娘，小小年纪有此志气。黄老先生并没有责备她，伸手把四娘拉了起来："好孩子，吕家能有你这样深明大义的后人，我想你祖父在天之灵也可得到安慰了。我怎么会怪你呢？若要报仇就得学习上乘绝世武功，老朽愚材会一招半式，只能作为武学入门的基础，将来能否练得上乘的功夫就要看你的造化了。想要和我学习武艺不是不可以，不过你要答应我三个条件。"

四娘擦去泪水听到黄老先生有收自己为徒之意，不禁喜出望外,慌忙跪倒说:"老人家,若收我为徒莫说三个条件,就是将来大仇报了,您要了我这条命,我都不在乎。"

黄老先生哈哈大笑,说:"孩子,哪有这么严重。你听好了,第一,对外人不能说我是你的师父,我也不是你的师父。我发下重誓,今生再不收徒。我教你功夫完全是出于对死去的吕留良的敬意,对吕氏一门的交代。第二,替我除掉一个人,他叫岳钟琪。第三,报仇之路血雨腥风,杀戮过重,你报了仇后要出家三年修身养性。"四娘一一答应。

黄犊答应教吕四娘功夫,除了对吕留良一家的敬意之外,还有就是黄老先生是一个爱才之人。他在远处看四娘练功就料定这吕四娘是个练武的奇才,刚才他又仔细上下打量了一下四娘,果然发现吕四娘美志良才,是个百年难遇的好料子,将来一定会在武学上有所建树。

黄犊当年深山学艺,学成下山之时已是康熙初年,本想学会文武艺,货卖帝王家,可为国尽忠的机会没有了,黄犊就成了劫富济贫的江湖游侠,在江湖中飘荡,救了无数的人。

有一天,黄犊正在路边茶棚喝茶。远处驶来一辆速度极快的马车,卷起满天灰尘。突然,不知哪家的两个孩子嬉戏着,打打闹闹一下子跑到了路中间。等到看清有辆马车迎面驶来时,两个孩子吓得呆呆地站在那儿。黄犊正要起身跃起,不料说时迟那时快,从马车里飞出一人,那人用脚尖一点最前边马的马头,用极快的速度跃过马头飘落在路面上,两只胳膊一伸一边夹起一个孩子,斜着向路边飞了出去。旁边的人一个个被吓得目瞪口呆,等到明白是怎么回事时,赶车的已经把马的缰绳勒住,直呼:"好险!好险!"

黄犊仔细打量了一下飞身救人的那位,年纪不算太大,看上去也就二十来岁,中上等身材,皮肤白净,锦袍缎袖,腰戴玉佩,一根油黑锃亮的辫子垂在脑后。再看这人的面相,透着一股子贵气。赶车的跑过来一脸惊慌,问道:"公子,您没事吧,刚才都怪奴才不好,请公子治罪。"那公子将手一摆说:"不妨,走吧!"

黄犊目送他们走远,心里对这人产生了敬意。傍晚时分,黄犊到一家客店投宿,在店门口又遇到白天的那辆马车。主仆二人恰好也在这里投宿。黄犊和他们住在相邻的两个房间内。半夜时,黄犊突然听到房顶的瓦片有响动,黄犊飞身上房施展轻功,悄悄跟了上去。他发现有一个黑衣人掀起瓦片拿出一根管子朝里吹了一阵烟,常走江湖的人都知道,这是迷烟,是一种下三烂的手段。他吹烟的屋子正是主仆二人的房间。片刻后黑衣人一打口哨,"嗖""嗖""嗖"又上来四五个黑衣人,黄犊心想不好,这些人看来都是练家子,那位公子怕是凶多吉少。

想到白天那公子的行为也是个仗义之人,如今有难,哪有不救之理。于是黄犊连打几发暗器,趁他们不备之时翻身跳进屋内,夹起公子就走。也不知跑了多久,直到天边发白,黄犊看后面并没有人来追,轻轻地把这个公子放下。

跑了一夜再加上现在小风一吹,那人醒了过来,黄犊把昨晚的事跟这公子一说,他长叹了一声。这个公子不是别人,正是当今皇帝的第十四个儿子胤禵。胤禵再三向黄犊致谢,希望黄犊能够留在自己身边为国尽忠,为民出力。黄犊对功名利禄并不挂在心上,但他是个性情中人,十四皇子的一片盛情,黄犊难以推却,黄犊对十四皇子的为人又很敬佩,于是就答应留在十四阿哥身边。

跟着胤禵回北京后,黄犊被奉为上宾,他更是尽心尽力。胤禵年轻有为,很有军事才能,这一点得到了当朝皇帝的赏识。康熙五十年,也就是黄犊追随胤禵的第二年,胤禵随父皇出巡塞外,当时才二十三岁。黄犊带着一个护卫营紧紧保护十四阿哥。

塞外奇寒,风卷黄沙,降雪是常有的事。那一天天降大雪,雪后天光大亮,一片银白分外妖娆。康熙帝顿时起了打猎的雅兴,于是带着十四皇子及黄犊的一个护卫营打猎去了。大雪过后出来寻食的野物还真不少,一个上午就打了不少山猫、野狍子。他们正往回走时,黄犊就发现前面皑皑白雪上有一团漆黑的东西,走过去一看是个孩子,这孩子被冻得几乎僵硬了。黄犊马上叫人把他抬回去,看看还能不能救活。孩子命也真大,没被冻死,身上的冻疮在军医的照料下没多久也好了。

孩子说他叫岳钟琪,是岳飞的第二十一世孙。父母早死了,就只有他一个人流浪到了这里,几天没吃东西,又赶上大雪就晕倒在外面。也是天不绝他,让黄犊给救了。黄犊看他可怜,还是个孩子,就把他安排在护卫营当小校,给他口饭吃。这孩子也就十岁,没事的时候护卫营训练时他也跟着练。可是让黄犊没有想到的是,这孩子资质颇高,学得特快,一点就通。发现了这一点，黄犊就在他身上多下了功夫，一来二去这孩子的能耐就长了。

黄犊一看这么个好材料就想好好打造他，况且他是忠良之后，将来也必是国家的栋梁之材。转眼之间岳钟琪在黄犊身边七年，已经是个大小伙子了，而且长得相当漂亮，大个头细腰身，白净匀称。就是眼神显得深邃些，还有一样，这孩子不大爱说话，有点孤僻。黄犊也没太在意，认为岳钟琪挺可怜，从小没爹妈，性格怪点也不算什么。这七年，小伙子的能耐可见长，黄犊已经正式收他为徒，就这么一个徒弟老先生是爱如珍宝，把平生所学一一教给岳钟琪，毫无保留。

黄犊老先生一生只有一儿一女，儿子黄补庵自小习文，不喜欢刀枪棍棒。女儿黄青玉认得几个字，跟着母亲学些针线，长相很普通但温柔贤惠。黄青玉和岳钟琪同岁，黄犊就把自己的女儿嫁给了岳钟琪，其实岳钟琪并不是很喜欢黄青玉，因为是师父的意思他也就答应了。

康熙五十七年十月胤禵被任命为抚远大将军统率大军进驻青海，讨伐策妄阿喇布坦。岳钟琪和黄犊随部队前行，五十八年三月，胤禵抵达西宁，开始指挥作战。他统帅驻防新疆、甘肃和青海等省的八旗、绿营部队，号称三十余万。岳钟琪心中盘算这是个立功的好机会，今后能否建功立业也就在此一举了。他在战场上杀敌屡立战功，为了能引起胤禵的注意，他常一个人冲锋陷阵，有时不太管整体的作战部署，但他功夫高强每次都能平安无事。

有一次胤禵部署的是大军埋伏，引敌深入，只等号响全体出动擒贼擒王。可是就在敌军刚刚进入埋伏圈时,岳钟琪突然一骑杀出。胤禵不得不马上命令号起,大军群起。岳钟琪自然又是靠个人的高超武功擒住了贼首。胤禵回去后勃然大怒,好在岳钟琪立了功,这才将功折罪。胤禵对这样爱出风头,个人逞能的行为很是不满,念在他是黄先生徒弟的分儿上才没追究。

同年九月,西藏叛乱彻底平定,胤禵也因此威名远震。战争结束后各将官按功行赏,岳钟琪功劳不少,可是赏赐不多,十四阿哥没有给他一官半职,更不用说在皇上面前美言了,岳钟琪为此耿耿于怀。这一切都被四皇子的耳目探听得一清二楚。四阿哥在京郊的望京楼秘密召见了岳钟琪,岳钟琪受宠若惊伏倒在地上痛哭流涕。胤禛知道他功夫了得,将来必有大用,于是先把他调到年羹尧的部队,听候差遣。胤禛还允诺将他的义女嫁给岳钟琪,条件是郡主必须是正室。其实这是一招离间计,有意要离间岳钟琪与黄犊的关系。岳钟琪也够狠毒的,他用酒灌醉了妻子黄青玉,又花钱雇了一个要饭的,躺在妻子的卧房,然后导演了一出捉奸的好戏。黄青玉酒醒后无地自容投河自尽了。

接着岳钟琪堂而皇之地娶了假郡主,调到年羹尧的部队。后来康熙病逝胤禛登基,十四阿哥带兵回京兴师问罪,也是他帮着雍正夺了十四阿哥的兵权。之后,岳钟琪做了四川提督、川陕总督直到抚远大将军。

雍正觉着岳钟琪除了会带兵打仗,武功高强之外,最大的作用就在于他是汉人,又是岳飞后代。这一点对反清汉人有很大的吸引力，雍正充分利用了这一点，编了许多谎言，让世人以为这个大将军如何与雍正不和，如何一身正气，而且是具有反清复明能力的唯一一人。这样就可以使很多有反清意识的人以为岳钟琪就是救星。曾静不是也上了这个当吗？所以有那么多的大臣参岳钟琪，皇帝都无动于衷，仍然重用他，也就是这个原因。

黄老先生怎么也没有想到自己救了个白眼狼，痛苦万分，追悔莫及。他发下毒誓今生再不收徒。黄老先生的夫人因为女儿的死郁郁寡欢，不久也离开了人世。当十四阿哥被禁之后，他看到大势已去，况且自己年迈，于是托病回家，从此隐居。

之前丧女，如今丧子都因为岳钟琪，黄老先生怎能不恨之入骨，所以有生之日必要杀掉岳钟琪。黄老先生向四娘讲了以前的事，四娘牢牢记在心里，心想：岳钟琪，他日若与你狭路相逢，四娘定要杀你而后快。

从此以后四娘就追随黄犊老先生习文练武。四娘就一个劲头，要学会武艺然后去找雍正报仇，提着雍正的头祭奠吕家满门的亡灵。黄老先生可真没有看错，四娘果真是块练武的好料子，他常常暗暗竖起大拇指称赞四娘，心想：罢了，我黄犊在此余生能够将毕生所学传给这个孩子，也算是无憾了。

就这样黄犊是毫无保留地把自己的能耐全部传给了四娘。之所以这么做的原因，一是因为他太喜欢四娘这个孩子，打心眼儿里就没把她当外人。二则黄犊一生痴迷武学，自己老了也许时日不多,不把这些武学精神传下去,于心有愧。三则黄犊想四娘不遇到岳钟琪就罢了,一旦有朝一日遇到了,四娘的功夫一定要在他之上,才可能置他于死地,所以就不能有保留。否则要是有那么一招半式四娘没见过,他怕四娘吃亏。由于以上原因,黄犊将全部能耐都教给了吕四娘。

"碧松剑法"是老先生晚年自创的一套招式,是老先生在黄山迎客松下静坐顿悟出的剑法,此剑法共八式,八式又演化出八八六十四式,柔中带刚变化无穷。最后一式"风舞松针"登峰造极时只见剑花不见其人,犹如劲风掠下松针向四处飞散。这也是极狠毒的一招,舞动起来道道寒光直奔人的咽喉,中招之人当场毙命。黄犊交代这一招不到万不得已不得使用,得饶人处且饶人。

四娘也是勤学苦练,黄犊要求她四更起,她常常三更就起来练功。人说天道酬勤,果真如此。就算是天赋再高,不下功夫去学也成不了大器。时间飞逝,转眼四娘学艺有一年多了,能耐是突飞猛进。长拳短打拿剑舞刀,翻墙越脊高来高去是无不精通,尤其是精通暗器,善打飞黄石。四娘是信心百倍,觉着自己的能耐不含糊,暗想要杀雍正就如同探囊取物一样,总有一天我要到京城走上一走。

黄犊告诉四娘这几天他要去拜访一个老朋友,少则半月,多则一月就会回来。黄犊嘱咐四娘一定要勤于练功,不要浪费时间。黄犊走后,吕四娘每天练功如同往日,可是这心啊就像长了草一样,心想这么一天天下去何时才能报得大仇，如今我已学成武艺，就等着杀进京城一剑砍下那暴君的脑袋。四娘是越想越急，按捺不住一腔怒火，当日就收拾行李跟母亲说去找师父，下山去了。

四娘是想一路北上，用最快的速度直接到北京。这一年多学艺，内力进步不小，四娘的脚力也是相当快，用不上两天就来到了甘棠镇。甘棠镇是个小镇，四娘到了这里时太阳刚刚下去，天还没有完全黑。说来奇怪，这小镇异常安静，家家闭门，户户上锁。四娘连走了几家店铺都是大门紧闭，这是怎么回事，难道他们都不做生意了？四娘走着走着看到前边有个客店，牌子上写着"甘棠客栈"，心想就是它了，今晚住也得住这儿，不住也得住这儿。打定主意后抬起手敲了几下门。没反应，咦？四娘不禁气由心生，手上的劲就大了，"咣咣咣咣咣咣"，还是没反应，嘿！四娘这个气呀，便提高了嗓门喊道："嘿，里面的人听着，再不开门我把你这店夷为平地！开门！开门！""咣咣咣咣咣咣"。

或许是听着是个姑娘的声音，或许是敲门的声大了点，就听见里面传出微弱的沙哑的声音："谁啊？"好像是老头的嗓音，这个声音有点战战兢兢的。四娘道："里面有人啊？开门，我是个过路的，走到这里天色晚了，想住到你们店里，你们不做生意了？这么早就关了门。"

就听见门"吱"的一声，开了个小缝，从里面探出个脑袋来，先看看四娘，又左看看右看看，小声说："进来吧。"开门的这位是个小老头，瘦小枯干。四娘跟着他走进了屋里，小老头点了支蜡烛，示意四娘坐下。四娘说："老人家，你这儿有什么吃的吗？我走了一天累了，也饿了。"

小老头到后堂拿了点馒头，两碟小菜，说："都有点凉了，你就对付着吃吧，小店已打烊多时了。"

四娘说："不妨事，不妨事。老人家，为什么你们这甘棠镇这么安静？"

小老头打了个唉声说："姑娘你有所不知，我们甘棠镇遭了难了。这一个月来，我们镇上来了个贼，这贼专门在黑天作案，他还是个损贼，不劫财只劫色。谁家有漂亮的大姑娘小媳妇，要是被他惦记上就没跑。闹得人心惶惶，能躲出去的就都躲出去了，不能躲的是胆颤心惊，天还没黑家家门都关上了。刚才要不是听敲门的是个姑娘的声音，别说是夷为平地了，就是掘地三尺我也不敢开啊！"

四娘一听天下还有这样的事，气得牙咬得咯咯响，心说："好你个损贼，姑娘我手里这把剑还没开过荤，今天就让你尝尝我的厉害。"

四娘又问小老头："老人家，这个贼你们见过吗？有什么特征？"

小老头说："哎哟姑娘，我们哪能见过他，见过他的人都死了，只是听说受害的人家外面都钉着个花蝴蝶。"

四娘并未声张，向小老头要了间上房。到房间后她也没点蜡，和衣而卧，支起耳朵听着。练功的人听力是十分了得的，何况是在寂静无声的晚上，无论是风吹草动还是夜莺振翅，哪怕是根针掉在地上都听得清清楚楚。一更过去了，没事。二更过去了，没事。三更过去了，还是没有动静。转眼天边泛白，一夜无事。四娘暗想难道这贼有顺风耳，知道姑奶奶来摘他的脑袋？不行，今晚我还得等他一夜。

就这样白天四娘在客栈没动地方，也是这几天走得累了，四娘整整睡了一天。傍晚时分四娘醒来，吃了点东西，抖了抖精神，呵，力气百倍！四娘完全恢复了元气，心想小贼，今晚你不来就算了，你若来了管叫你有来无回。

四娘睁着眼睛，卧在床上。结果眼睛一直瞪到天亮，贼还是没来。嘿！你说这气不气人。四娘不服气又等了一天，贼连个影都没有。四娘一算日子，不能再等了，自己还有要事在身，暂且先放过这小贼，以后要是见到他一定要取了他的狗命。

在甘棠镇的北面，有个平湖镇。平湖镇和甘棠镇相比繁华得多，而且历史也相当久远。唐天宝四年在这里设立了太平县，后历经数代，改为了平湖镇。因为它的北面有个太平湖，所以得名平湖镇，从建制至雍正年间已近千年了。

吕四娘离开甘棠镇不敢耽搁，加快了速度，这一天就来到了平湖镇。虽然繁华可是四娘无心观看，只拣了个普通的客栈吃了点东西，稍稍休息一下，准备赶路。要从平湖镇北上，必须经过太平湖，四娘打听清楚了路程，在客栈小睡了一会儿，约莫着太阳快要下山时，四娘走到了湖边。

放眼望去，这湖可真不小，一眼望不到头，湖水在夕阳的余晖下泛出了红光，偶尔一阵小风吹过，湖边水草"唰唰唰"摆动着。四娘想来看看是不是有船家，提前定下明天早晨起程的时间。渡口上真有个渔船，四娘顺着湖边走了过去。见渔船上有个姑娘,正低着头织渔网,渔网旁边有一团线,可能是今天打鱼把网刮破了。

四娘抱了抱拳说:"请问姑娘,明天在下可否坐你的船过湖去?我一定多付些资费。"听有人和自己说话,这姑娘直起身来。四娘一看这姑娘还挺漂亮,虽是麻衣布裤,还是掩盖不住姑娘身上透出的这股水灵劲儿。"行,客官,我家的渔船不只打鱼,平常还渡些客人过湖,你要是渡湖明天一早来这里就行。"四娘正和姑娘说话,不经意向船舱看了一眼,咦!那是什么?就在船舱沿上那么个不起眼的地方,有只花蝴蝶。四娘一看怒火上升,真是踏破铁鞋无觅处,得来全不费工夫,今天又让姑娘我碰上了,你死期到了。

看来贼曾来过,莫非此人就在附近?想到这儿四娘回转身往沿岸道上瞧,见离她十几步远有一中年人,中上等身材,皮肤白净,穿着一身灰,气度不凡。他背着手站在那儿也往渔船这边瞧着,在中年人身后一步远处站着个四十多岁的汉子,眼珠铮亮,眼睛不断向两边扫视着。难道这两个人就是贼人?她有心马上拔剑去取二人性命,又想捉贼捉赃,采花贼通常是晚上作案,莫不如等到夜里他作案时把他抓住,想抵赖都不成。

四娘并没有回客栈,而是靠在岸边的一棵大树下抱着膀打盹儿休息。四娘偷眼观看,灰衣中年人朝后面的汉子一使眼色,走了,估计等天黑再来。

天慢慢黑下来,定更将过,四娘闭眼听着,就感觉一阵凉风吹得人寒毛根发凉,"嗖"一声,一个身影从四娘眼前飞过。

只见他如离弦之箭一般来到岸边，脚底一踩，腰梁一绷劲，燕子三抄水的功夫落到船上。四娘预感到这个人绝对不是泛泛之辈。吕四娘看时机已到，毫不犹豫一按绷簧，唰啦拔出剑来，晃身来到岸边，大喝一声"采花贼往哪里跑"，凌空而起落到船上。

那贼只愣了一下，就见点点寒光奔他而来，于是左躲右闪，船顺势轻轻摇晃起来。贼一弓腰飞身而起，在水面上轻轻一点就落到了岸上。吕四娘几剑竟连贼的衣襟也没有擦到。一纵身吕四娘也跳到了岸上，横宝剑在胸前，定睛观看。那贼身高丈二有余，宽肩膀细腰身，肋下挂一宝剑。这人有一最大的特点就是他两道眉毛中间，刺着一朵九瓣金莲花。闯荡江湖的人都知道，江湖中只有一人眉毛中间有朵九瓣金莲花，那就是人送外号金莲花的凤歧。

凤歧是大清国四大剑侠头一位震古剑董千董化一的徒弟。说起董千，江湖中无人不知无人不晓，老剑客功夫一流，人品也是一流，一生淡泊名利，是个大仁大义之人。哪知道瞎了眼收了凤歧这么个徒弟，凤歧是董老的关门弟子，老先生也是把毕生绝学的大部分传给了凤歧。在徒弟下山之前，老先生把他叫到自己跟前，就在凤歧的两眉之间刺了一朵九瓣莲花用金粉涂上，嘱咐凤歧江湖凶险坏人也太多，希望徒弟能像莲花一样出淤泥而不染。哪知这个凤歧是个败类，见了女人就迈不动步。见谁家有大姑娘小媳妇，稍微有点姿色就动了邪念，作案无数。江湖上都知道有个金莲花是出了名的采花贼。

吕四娘斗金莲花凤歧

老英雄董化一，一怒之下与凤歧断了师徒的情谊，而且要废了他的武功。各级官府也发下海捕公文，凤歧就成了国家的要犯。凤歧不久后投靠了雍亲王，凭自己的武功给雍亲王办了不少伤天害理的事。如今雍亲王当了皇帝，他更加肆无忌惮。

吕四娘哪知道他是谁，也没把他放在眼里，心想三招五式就把他拿下，一上手才知道，凤歧功夫不一般，只在自己之上不在自己之下。凤歧的好事被人搅了，本来他非常生气，心说谁这么胆大，也不看看我金莲花是谁。再仔细一看，原来是个漂亮的大姑娘，比那个打鱼的姑娘强上百倍。顿时怒气全消，也不想伤到这姑娘，所以这手底下就留有情面，功夫也只用了三成。就像大人逗着小孩子玩，手上打着还嬉皮笑脸。四娘气得血往上冲，剑锋加快。凤歧左躲右闪，丝毫没有碰着他。四娘苦战了一番，别说抓着凤歧就是伤都没伤着一下，一会儿四娘的汗就下来了，心想我觉着我的能耐不错啊，今天连凤歧都没打过，还怎么去杀雍正。脑袋一溜号手下的招式就有点乱。

金莲花一看打了这么长时间，玩也玩够了，不如尽早把这姑娘收拾了，还有正事要办。感觉到四娘的招式有点乱，他招式一变又加了两成功力，一招比一招紧，一招比一招快，四娘渐渐只有招架之功而无还手之力。

就在他们打斗时，不远的大树底下站着两个人，就是四娘白天见着的那二位。中年人告诉那个汉子："去，过去帮帮那个姑娘。"汉子抖身来到金莲花的背后，使出了大力鹰爪功。

金莲花正要伸手去抓四娘的肩膀，就听背后有动静，来者不善，是个练家子，赶忙向旁一侧身，这一爪贴着凤歧的鼻尖过去。随着爪变成掌横着就拍过来，凤歧一猫腰把掌躲过，脚下使了个扫堂腿，向来人扫过去。汉子向上一跃跳了出去，金莲花和汉子分别打量了一下对方。双方都吸了口气大叫"是你"，原来二位认识。凤歧认识这个人，他就是十四王爷的贴身侍卫，皇帝派凤歧跟踪十四王爷，结果半道让他们给甩了，没想到今儿在这儿又遇上了。

吕四娘和凤歧大战并没有占着优势，忽见白天遇到的那个汉子出手相助。就在凤歧和汉子互相打量对方的这个时候，吕四娘提剑刺向凤歧，喊道："小贼，你往哪里跑？"凤歧感觉后脑一股凉风，知道是剑到了。就见凤歧不慌不忙，脚尖向旁边一挪，身子一侧歪，让过了四娘的剑，抬起左手向上一扬拨开了四娘的右胳膊，将右掌推了出去直奔四娘的前胸。

凤歧心想："今晚的生意又泡汤了，有心留着你，哪知你是十四王爷的人，姑娘对不起了，今天凤歧就得留下你的性命。"所以他这一掌使着十成的力量。四娘一见他掌到跟前大叫"不好"，身子一弓急忙向后退回一步。不过这一掌力量太大，四娘尽管使出最大力气躲了出去，她这一弓一退只是消解了一部分掌力，还是没完全躲开，十成中有五成的功力落到了四娘身上。就听"啪"一声，四娘噔噔噔向后退出七八步，就觉着胸口发闷，嗓子眼儿发咸，一口血喷了出来，接着四娘身子一栽昏倒在地，不省人事。

这时远处的官道上飞速跑过一人，边跑边大声喊："四娘，小心。"可是为时已晚，就在他跑到四娘跟前时，吕四娘已经中了凤歧的一掌。跑来的这个人正是黄犊老先生，黄犊马上点住了四娘的经脉，以护住四娘气血防止倒流。黄犊跳到凤歧近前，凤歧虽说不认识黄犊，不过一看他的身形就知这个人有功夫而且不一般。看了看老人家，又看了看那个四十多岁的汉子，知道行迹已败露，再跟下去也是无益，不如转身回去向皇上复命，于是凤歧一抱拳："二位好汉，今日凤某多有得罪，还有要事在身，就此告辞。"说罢凤歧一亏身转向正道旁边的小路，飞奔而去。那四十多岁的汉子正要追去，站在树下的那个中年人一摆手说："别追了，让他去吧，我们还有大事商量。"

黄犊跑到四娘跟前，一看孩子伤得不轻，叹了口气，心说到底是年轻，没见过世面。于是他把四娘背在身后，来到客栈，扶四娘躺下，再看她双目紧闭，眼窝塌陷，嘴角还残留着血迹。黄犊一摸她的脉，脉息微弱。黄老先生直叹气，说："幸好她只中了金莲花五成之力，若不是这样，这条小命恐怕不保啊！可是即使如此，想治她的病也要很长时间，而且要有上好的药材，此时如何去找那些药呢？"

正发愁时，就听屋外咳嗽一声："黄施主莫要忧心，贫僧来也。"只见门一开，进来一个老和尚，胡须眉毛都花白了，黄犊一看喜出望外，忙过来施礼："哎呀，老神仙，什么风把您给吹来了，这可太好了，这下四娘有救了。"

"呵呵，黄施主客气，老衲只以救人为主，何谈神仙一词？

让我看一看。"老和尚只看了四娘一眼,坐在桌旁眼睛微微一闭说:"无妨,把这个吃了就可保她无事。"

老和尚正是少林寺四大长老之一的了然和尚,他洞悉天地之事,能看透古今轮回,能看清人性品行,所以人称"一目了然僧"。老和尚平常眼睛老是闭着,仿佛一切都在他心里。他的预言都在后来的现实中得到验证。

当日董老剑客新收了金莲花凤歧,爱如珍宝,便带着凤歧来探望了然和尚,一来多日不见,心里想了然了;二来新收了个徒弟,这个徒弟董老是相当满意,也想得到了然和尚的赞扬。哪知道了然看了金莲花一眼,就没再言语。董老剑客不明白什么意思,心说我这个徒弟怎么的也是英雄出少年,你了然是妒忌啊还是什么原因,犯不上一句话不说啊!

在董化一的一再逼问下,了然长叹一口气:"董施主,要是听老衲一句话,把这个祸国殃民之徒早些打发了吧。"董老英雄听完了脸都气绿了,在了然面前又不好发作,一甩袖子走了,从此再没来,结果还真让了然给说对了。

就看四娘吃了药后不久,嘴角微微动了动,嗓子眼儿轻咳了一声,慢慢睁开了眼睛又渐渐闭上了。黄犊到了床边轻轻叫了几声:"四娘,四娘……"

老和尚开口说:"女施主身体虚弱,这一次命是保住了,可是元气大伤,要完全恢复还得等很长时间。我见女施主眉宇之间正气凛然,确是可造之才,他日江湖中定能除恶扬善。黄施主真是可喜可贺啊!只是这孩子还要进一步深造,黄施主若不介意,贫僧保举一人,五台山独臂神尼。"

黄犊大喜过望，上前深深一拜："感谢老神仙指点，黄某自知才学有限，对四娘只是个引路之人，要学上乘武功还得寻高人，今日听高僧一言茅塞顿开。"

旁边的十四王爷一直盯着老和尚，十四王爷见老和尚仙风道骨，真是世外高人。他正在遍访高人想成就大业，要是能得老和尚助一臂之力，实在是求之不得，于是上前一步，行了个礼："在下胤禵有礼了。今听高僧一言也是大仁大义之人，可知当今天下百姓受苦，雍正暴戾成性。我正在天下寻访志同道合的义士，想起事兴兵推倒雍正，要是能得高僧相助，何愁大事不成。"

了然微微睁开眼睛看了看十四王爷，随后又轻轻闭上，慢慢地说道："十四王爷，万事皆是冥冥中注定，岂是你我人力能为。要知道：兴，百姓苦；亡，百姓也苦。劝施主修身养性，莫做无益之事。"任凭十四王爷说什么，了然不再言语。黄犊一看十四王爷脸色不好，刚要上前跟了然说句话，了然忽然说："黄施主，老衲有四句话要送给你，望你好自为之。无边落木随风逝，桃花自开水自流。是非门外一老叟，野云草堂听鹤鸣。"说罢转身离开了。

自从雍正当了皇帝以后，十四皇子日子一天不如一天。老皇帝康熙死了，雍正并没有向远在边疆的十四阿哥报丧。当十四阿哥得知父皇死了，雍正已经登了基。十四阿哥回到北京随即被削去兵权，怎么能不义愤填膺。于是在景山寿皇殿拜谒康熙灵柩时，见雍正也在那里，他只是远远地给雍正叩头而已，并不向雍正请安祝贺。侍卫拉锡看到僵了局，连忙拉他向前。他大发雷霆,怒骂拉锡,并到雍正面前,斥责拉锡无礼,说:"我是皇上亲弟,有什么不对的地方,求皇上处分我,要是我没什么不对的地方,求皇上马上把拉锡处决,以正国体。"胤禵大闹灵堂,使雍正十分恼火,雍正斥责他气傲心高,下令革去他的王爵,降为固山贝子。不久雍正又把他名字中的胤字改为了允字。连父亲给的名字都不许叫了,胤禵声泪俱下。

雍正元年四月,康熙的灵柩运往遵化景陵安葬后,雍正令胤禵留住景陵附近的汤泉,不许返回京师,并命马兰峪总兵范时绎监视他的行动。兄弟俩的不睦和冲突,使处于极度悲痛中的孝恭仁皇后病情加重,不久去世。雍正在告慰母亲在天之灵的幌子下,封了胤禵为郡王,但没赐封号,注名黄册仍称固山贝子,致使胤禵并无感恩之意,反有愤怒之色。

雍正二年八月,有探子报胤禵在家私造木塔,其实一个阿哥在家中造个木塔本来不是什么稀奇的事。但是雍正立即令马兰峪总兵范时绎进行搜查,强令胤禵拆了。胤禵气愤难忍,当晚在住处狂哭大叫,直哭到半夜,对雍正的愤恨与日俱增。谁知一波未平一波又起,宗人府向上参劾胤禵在做抚远大将军时,任意妄为,侵扰地方,雍正当即革去胤禵王爵,降授固山贝子。接着,诸王大臣进一步参奏允禵在任大将军期间,只图利己营私,贪受银两,固结党羽,心怀悖乱,于是雍正把他继续禁锢于景陵附近,严加看守,给软禁起来了。

十四阿哥每天抑郁无比,暗中筹备推倒雍正之事。这次悄悄离开京城也是为此而来,本来是在甘棠镇秘密会见了黄犊，没想到金莲花凤歧偷偷跟着。为了甩掉他，使事情不至于败露，他们兵分两路。一路从甘棠镇到平湖镇吸引凤歧视线，一路是黄老英雄带着书信，到江浙一带招纳人才。没想到出现吕四娘这个事。十四阿哥见要成大事还得等时机，于是先回了北京。黄犊带着吕四娘回黄山养病，她虽病得不轻，可是有了然和尚的药，好得挺快。

转眼半年有余，四娘又恢复了往日的精神。四娘对自己此次的鲁莽行为是后悔不已，心说自己的能耐还是不够啊，还得虚心踏实苦练。黄犊一看四娘好得差不多了，就把四娘叫到跟前，把了然和尚的话跟她说了一遍。四娘听了之后是又喜又忧，喜的是自己又可以学到新的功夫，忧的是自己在山上这么久，同黄老先生，同草堂结下了深厚的情谊，她还有点放不下，再者母亲年迈，这一走还不知多少时日，在黄山的这几年，母亲的病好了许多，可是四娘还是放心不下。黄犊和林氏都劝四娘放下疑虑，只管上路。吕四娘这才决定二次学艺，要杀雍正。

第四回

为学艺五台山拜师
因复仇偈语示中秋

话说吕四娘在了然大师的指引下,要到五台山拜独臂神尼二次学艺。在黄山"野云草堂",吕四娘收拾好行囊和母亲道别。林氏一见女儿今日就要下山,鼻子一酸,眼泪下来了。林氏上下打量了一下四娘,如今四娘已是十七岁的大姑娘了,亭亭玉立,明眸皓齿,眉宇之间透着股硬朗之气。这个年纪是到了谈婚论嫁的时候了,可是如今家仇在身,哪还有心情顾及儿女私情。又想到这十七年来四娘从没有离开过自己,母女二人相依为命,这一走不知哪年哪月才能再见,离别与忧思之苦萦绕在林氏心头。

四娘看见母亲流泪,心里就像打翻了五味瓶,想起以前的日日夜夜,想到母亲凄苦的一生,也是泪如雨下。黄犊在旁边看她们母女二人难过的样子,也是无限伤感,劝了好一会儿,母女二人才止住悲声。林氏好像想起什么似的,抬起头,握住了四娘的手说:"孩子,再过几天就是吕氏一门的忌日。无论你走到哪里,都要面朝家乡的方向,磕几个头告慰一家老小在天之灵。"四娘一一允诺。

从黄山到五台山,一路千山万水十分遥远,四娘只身一人离开了"野云草堂"。有了前番下山的经历,这次四娘是格外谨慎。一路上拣些较小而又宁静的客栈,也不露出半点武功,好走的路就步行,不好走的就雇辆小车。

这一天,四娘就来到了铜陵境内。铜陵在清初时属于江南左布政使司池州府。后来江南左布政使司改为江南省。康熙元年江南省分为江苏、安徽两省,铜陵县属安徽省池州府。铜陵是安徽相对较大的一个县,历史悠久,经济也算发达,往来安徽与江苏、浙江等周边地区的商人也常在这里歇歇脚,所以铜陵人来人往很热闹。

吕四娘边走边向街道两旁观望,心说没想到铜陵这么繁华,天快黑了,不如今晚就在这里休息一夜,明日走路不迟。这条路的尽头,她看到一个小茶棚子,小是小了点倒是十分干净,人也不多,正是个可歇息的好地方。不如坐一坐,一来歇歇腿,二来向店主人打听一下附近的客栈。她走进了小茶棚。茶棚主人看见有客人来,把四娘领到靠近窗子的一张茶桌上,顺手从肩头拽下一条白手巾,把眼前的桌子擦了又擦,掸了又掸。四娘拣了个背靠门口的地方坐下,向小伙计要了壶茶,慢慢地喝着。四娘心中估算着行程,又在心中盘算着见到独臂神尼的情景……

正想着就听身后一阵杂乱的脚步声,进来几个人。四娘没有回头,凭声音四娘分辨得出是四个人,有的人脚步重些,有的人脚步轻些。一个人粗声粗气地叫着:"伙计来壶上好的茶,老子渴了,快点!"伙计答应着,放下了一壶茶和四个茶碗。只听另外一个人慢声细语地说:"吕兄,何必如此粗鲁,斯文些还会少了你的茶吗？来来来，这茶我请了，吕兄慢用。"

"哼!"粗声粗气的那个人说，"斯文能当饭吃？想想我就生气，我姓吕咋了，天下姓吕的多了，还都是吕留良一家人啊？别说做生意了，命差点没丢在嘉兴。晦气! 晦气!"

四娘正慢慢品着茶，忽听来人提到祖父的名字，手猛地颤了一下，放下茶杯，支起耳朵细细听着。

吕氏一门已被抄两年了，怎么今天雍正还不罢休。就听慢声细语的人说："吕兄有所不知。吕留良是江南的名士，诗书传家，学问很深。有个后生叫曾静的，打着吕留良的幌子，反清复明，书生就是书生，也就是纸上谈兵，很快事情败露了。可惜吕氏一门惨遭屠刀之下，在浙江人人谈吕色变，吕兄你能有命回来已经是万幸了，就不要牢骚满腹了，来，喝茶。"

又有一个嘶哑的声音说："吕留良一案算一算离今天有两年多了，怎么官府还是没完没了的?"

慢声细语的人说："可不是，要说也有两年多了，本来事情已经平息，不再有人过问，可是恰巧前几日又出了这么档子事。当朝刑部尚书的儿子好舞文弄墨，不知怎么的就写出那么句'明月有情还顾我，清风无意不留人'来，这下可惹出了大祸，落得满门抄斩的下场。"

粗声粗气的人还没等他说完就插嘴说："那跟吕留良扯得上半毛关系?"

"吕兄听我说完。"慢声细语的人接着说，"本来曾静案发之时，吕留良就已经死了多年了，按理说这跟吕留良有什么关系？曾静招出他的思想都来自吕留良书中，所以吕氏一门无一幸免，就连埋在地下的吕留良和吕葆中父子的尸骨都不放过，也要斩首。事情过后雍正皇帝没斩了曾静，相反还任用了他，曾静见皇帝这么厚待自己，早将反清大志丢在脑后，写了本《大义觉迷录》四处宣讲批判吕留良，污蔑吕留良的言论是迷惑人心的谬论。这次他又在刑部尚书儿子的诗文中找出了只言片语，硬说这个人也是受了吕留良的蛊惑，才有反清复明的贼心。可怜吕留良、吕葆中父子前番被斩首，今番尸骨又被掘出，晒在菜市口很多天了。曾静也在嘉兴监督当地官员查办吕氏一门余党，所以吕兄你到嘉兴还敢称自己姓吕，我说你命能保住就算万幸了，就是因为这个。"

吕四娘听完怒发冲冠，心想曾静啊曾静，人面兽心的狼，枉我当日还称你为先生，敬你的为人，哪曾想我吕氏一门原来是葬在你的手上。我不杀你难解心头之恨，我不杀你怎对得起死在你手上的这些冤魂。吕四娘双目圆睁，紧咬银牙，暗道："母亲在临行时交代吕氏一门忌日快到了，我何不先到嘉兴府，无论如何也要取回祖父、父亲的尸骨，还要找曾静那个败类，一定要杀了他。"

吕四娘起身离开了茶棚，按正常的路程她从铜陵北上到合肥、阜阳，经过许昌、洛阳就到了山西境内。现在她改了路程，从铜陵向东而去，路过宣城、湖州。四娘心里着急，快马加鞭不到三日就来到了嘉兴府。林氏在四娘临行时告诉四娘，当年吕留良生活在嘉兴桐乡的石门镇。桐乡隶属于嘉兴府,石门原名是崇德,因为和皇太极年号相同所以避讳改为了石门。湖州同桐乡相邻,到了湖州马上就可以到达桐乡,非常地近。

湖州和桐乡之间只有一座城墙,因为不是什么重要的门户,所以城门年久失修有些破损了,尽管如此,城门边还是站着两队士兵检查来往的行人,特别是对青壮年盘问得十分仔细。四娘是个姑娘,士兵只是简单问一下,就让她过去了。进了城四娘四下一望,感觉似曾相识,可是大部分已经不记得了,自己还不太懂事的时候,就和母亲住到杭州西湖山上,十几年来都没有回来过。

走在桐乡的路上,四娘百感交集。吕府在石门还是较大的一户人家,想找到并不难。四娘到了吕府门外,黑漆大门已经破旧不堪,上面还贴着封条,门口墙外一片凌乱。吕四娘远远望过去,大白天她没敢靠前。她打算等到夜深人静的时候,趁黑访一访吕家的老宅。打定了主意,四娘先找了家小客栈,吃过了东西休息了一下,就等着三更天夜探吕府。

吕四娘在房中静静听着,就听到外面打过三更。她换好夜行衣,浑身上下收拾得利利索索,打开窗户飞身跳出客栈。此时家家闭门,户户上锁,街上十分安静。时常有一队队官兵来往,四娘巧妙地躲过他们,沿着白天探好的路,不一会儿就来到吕家门前,她并没有从前门进入,而是一转身来到了后门,一纵身爬上墙头,飘然落下。三更时分,外面起风了,风还不小,刮得吕府后园中的树木哗哗地响。

　　吕四娘沿着小路向前院走去,穿过回廊来到了正院。正院层层叠叠由三层院套构成,凭记忆四娘记得祖父的房间就在最中间的那层,卧室旁边是书房,书房是祖父最常去的地方,也是小四娘常去的地方。她来到祖父的书房前,房门敞开着,窗户纸大多已经没有了,留下少有的几片还粘在那里,随着风唰唰地飞上飞下。四娘走进书房,见桌椅、书架横倒在地上,有的已经被砸碎。乱书废纸散落一地,墙上还有几幅画幸存,也是横七竖八,不是被撕掉一半就是被人用刀划花。墙上、房角已经结上了密密的蛛网,好一片凄凉,四娘眼泪就下来了。

　　就在这时一阵大风吹了进来,这风好大,把地上的纸片掀起多高,墙上的画也被风卷起。这一晚恰是阴历十五,月光皎洁,借着月光四娘忽然看到就在最靠边的一幅画的后面隐隐约约有道缝儿。四娘抢步过去,扯下画用手上前一摸,的确有缝,不是一条,而是个长方形的暗阁。她轻轻地将外面的挡板取下,伸手进去,果然有个盒子。等到四娘把盒子打开一看,不是别的,正是一把寒气逼人的宝剑,这把宝剑反射着月光更显得锃亮无比。拿在手中掂一掂,分量不轻。剑柄上赫然刻着三个字"冰霜剑"。吕四娘惊喜万分,拿着这把宝剑翻来覆去地看,拔出来耍了几下十分好用,仿佛这剑就是专门为自己打造的一样。在剑盒里有一个锦囊,四娘打开一看是祖父亲笔所写,里面介绍了这把剑得来的经过。大致是说,这把剑原来是吕留良年轻时组织义军反清,有一个高人赠送的。可是反清的事没有成功,吕留良就闭门家中,一心

吕四娘手执冰霜剑

著书立说，这把剑也就闲置无用，想送人又有几分不舍，留下来又怕惹来不必要的麻烦，所以就将此剑藏起来，只等后辈有缘人。也是祖上保佑，官军抄家时没有被发现，今天四娘偶然之间得到，真是天意，"冰霜剑"从此又重见天日。

四娘看看天色，是该回去了，于是带着宝剑离开了吕府。离开之前她在天井之中朝北磕了三个头，悼念吕家死去的亡灵。回到客栈之后，吕四娘把夜行衣脱去，简单地休息了一下，因为今天她还有件事要去办，就是拿回祖父和父亲的尸骨，让他们入土为安。听说他们的尸骨至今还在菜市口，所以白天四娘还是要探探路。

可是菜市口没有，那天在茶棚中听到的吕留良父子的尸骨不翼而飞了，难道是消息不准？四娘一路琢磨，不过四娘倒发现这里巡逻的士兵不少，昨晚她见街上往来巡逻的士兵心里就有些疑惑，今天白天依然如此。在小饭馆吃饭的时候问了小伙计两句，小伙计也不太敢说，只说这两天城中出了大事，官兵才多了起来。

四娘心想一定有事，于是决定今晚到县衙走一走。主意打定，等到三更时分，四娘来到县衙墙外轻轻一跃就翻了过去，这里依然灯火通明。四娘顺着墙走，到了一棵大树下，借着树枝的力量上了房顶，四娘随着黄犊也学了些轻功，上房走瓦还是不费力气的。四娘屏住呼吸，轻手轻脚在一间最亮的房顶上站住了脚，小心地掀起一片瓦，往里观看。只见里面有两个人，一个穿着官服，脸正对着四娘这边，四娘一看不认识，不过从他的官服上看似乎是本县的县令。另一个是便服，书生打扮，背对着四娘，不过看背影四娘觉着眼熟。就听穿官服的人对书生说："先生，皇上是不是非常生气？卑职惶恐。"

书生说："我今天收到皇上飞鸽传书，对你非常失望，责令你马上捉拿疑犯，光天化日之下竟敢偷盗重犯尸骨，实属大逆不道。"

四娘在房上已听明白八九分，原来父亲和祖父的尸骨已经被人盗走。此人为什么这么做呢，是好意还是恶意？正想着就听那书生接着说："还有那沈在宽一直没有归案，这件事是否有线索，他可是重犯。"

穿官服的人说："已经在找了，只是现在还没有线索。"

四娘心头一惊，原来沈公子还活在世上。两年多了，一直以为沈公子死了，不知多少次为他流眼泪。原来他还活着，他现在又在哪里呢？书生交代完事情后转身要离开，一转身四娘看清了他的脸，原来是他，怪不得刚才看他的背影眼熟。此人不是别人正是曾静，从一个反清的义士变成了雍正的走狗，害了不知多少人。吕四娘一看是他，心头怒火燃起。

曾静出来，往后面去了。四娘跟在后面，一转弯曾静进了一间房。曾静坐在床上刚要休息，一回身见一人已经站在他面前。他吃了一惊，仔细一看是多年没见的吕四娘，惊叫了一声："原来是你！"四娘手里的剑直指着曾静的鼻尖，曾静手扶床沿一动没动。

吕四娘柳眉倒竖，喝道："曾静啊曾静，你真是个畜生！

当日我还把你当成老师,我母亲待你不薄,你为什么害我们吕家?沈公子拿你当兄弟看待,你却对沈家赶尽杀绝,你良心让狗吃了!"

曾静面无表情地说:"吕姑娘,你走吧,今天的事我不会对任何人说,也不会追究,看在过去的分儿上,也看在我对你……唉!你走吧,从今以后我们形同陌路。这里很危险,你也不要再向前一步了。没错,沈公子我们过去是朋友,不过现在我们立场已经不一样了,我也是听从上面的命令,吕姑娘你好自为之。"

"呸!"吕四娘唾了一口,"少在这儿假仁假义,我今天就要取了你的狗命。"说着剑向前一刺。

曾静看吕四娘非要杀他不可,心一横手一搬。四娘顿时就觉得脚下一沉,掉在了一个密室里。仗着有功夫在身,四娘没有受伤,不过周围漆黑一片,用剑试探了一下都是用石头做的,哪能逃得出去。也不知过了多久,无粮无水的四娘觉得体力渐渐支撑不住。

忽然,其中一侧墙被人打开,进来四个大汉,都是黑纱蒙面,四娘用剑支着身体,根本就没能伸手,就被这几个人塞进了一个袋子。四娘只觉得被人扛着晃晃悠悠走了很长时间,自己又被重重抛在地上,露出头来一看,前面站着的正是曾静。

吕四娘颤抖着声音说:"曾静,要杀我就痛快点,我做鬼也不放过你。"

曾静说:"四娘,我不杀你,念在林氏婶子待我一片至诚,我对吕氏一门的敬意的分儿上，这次我还放了你，不过这是最后一次了。你走吧，这里很危险。本来我要拿的人不是你，前几天，你祖父和父亲的尸骨被人盗走，所以此地备了重兵，你离开这里吧，好自为之。"

吕四娘说："灭门之仇不共戴天，今天我杀不了你，日后一定取你项上人头。"

曾静带着这四个人走远了，吕四娘从地上爬起，强打着精神走了一段路，总算找到了个小店要了间房，吃了点东西倒头就睡，直睡到第二天日落才醒。她觉着体力恢复了一些，身上也有了力气。又休息了两天完全好了，向店主一打听，这里是嘉兴城外。要北上五台山先走水路，沿京杭大运河北上，经苏州、常州、镇江、淮安、徐州、济宁直到山东聊城，然后还要转陆路。

这一路山高水远，异常艰辛。终于老天不负有心人，四娘走了将近三个月，这一天来到了阳泉，阳泉不大却是由东南方向进五台山的必经之路。从这里向北走，就到了一个叫牛道岭的地方，过了牛道岭也就进了五台山。

五台山方圆五百余里，由东西南北中五座高峰环抱而成，五座高峰的山巅都是高大的缓坡平台，所以叫五台山。山高林深，多有险峻之处。正是八月天气，四娘从黄山上下来的时候，天气已经十分炎热，这一路上也是酷热无比。可是一进五台山，顿感爽快极了，异常地清凉。五台山虽然山高谷深，交通还是比较方便，有"四关一门"与外部相通。下山时黄犊交代独臂神尼悟因法师在海会庵中出家修行，四娘过了牛道岭向北打听海会庵,一打听才知道,五台山的中心位置是台怀镇,也是五台山最热闹的地方,海会庵就在台怀镇以南二十里处,从牛道岭往北顺山路走就可到海会庵。

四娘在黄山生活近两年,走山路相当熟悉,还有功夫在身,走起来要快很多,不到三天的工夫远远地就看到前面高处有一座寺院,等到再走近一点儿四娘发现过不去了。

海会庵建在清水河畔,夏季涨了洪水,寺周一片汪洋,而且河床陡峭,都是砂砾石,两岸靠山,就好像一个天然的大沟横在脚下,再向下一看是断崖绝壁。八月正好是雨水多的时候,河水宽一百多米,流速相当快。四娘四下一打量,还真别说有一座小桥,不过因为年久失修,小桥晃晃悠悠,走起来像浮桥一样,走到中间桥面贴在水面上,一不小心鞋就能被水打湿。

过了小桥,是一片宽敞的空地,前面就是海会庵了。顺着石阶四娘走进了庵门,庵内香烟缭绕,显得静穆庄严。四娘找到庵内的小尼姑说明来意,小尼姑做了个佛礼说:"女施主,实在不巧,昨天家师才走。"四娘心往下一沉,心说这可如何是好。又问道:"小师傅,悟因法师到何处去了,说没说什么时候回来?"小尼姑说:"家师行踪不定,云游四方。这一去少则半月,多则一年二载,不过家师走的时候交代过,如果有客来访,就让暂时住在庵内,住长住短施主自己决定。"

四娘一想事已至此也没有别的可选择的了,就只有先住在这里,只能盼着神尼能够早点回来。

小尼姑带着四娘来到后院,好一个清净的地方。四四方方的小院里几棵松柏约有百年的树龄,粗壮笔直,树下几个石凳一张石桌。院里还有两间禅房,小尼姑领她走进了一间,屋里基本没什么摆设,就一张床。

四娘走近一看,这张床就是一个天然形成的石块,有很多凸起的地方,不过床面倒还算平坦。床面上除了个蒲团什么都没有。小尼姑说:"施主尽管在这里休息,有什么需要的就来找贫尼。"小尼姑出去了,四娘独自一人在房中,看看床便和衣躺在上面,走了这几天她确实也累了。五台山是个寒凉之地,躺在山石上连个铺盖都没有,不到一刻钟,四娘就觉着寒气直逼心脉,一翻身她起来了。看到床上的蒲团,心想好在跟黄老练功的时候学过打坐,否则空室之内要怎么休息?

打坐是练习内力的极好的方法,必须要平心静气,排除心里一切杂念。四娘盘腿坐在蒲团之上,五心朝天,双目紧闭,努力调整好呼吸。渐渐身体内有股轻盈之气,还没等这股气凝成一团,精神稍一分散,轻盈之气顿时化为乌有。四娘到底是年轻,阅历尚浅,时常有浮躁之气。

四娘起身离开了禅房,往前边找那个小尼姑去了。海会庵十分清静,除了今天看到的小尼姑,四娘没有看到其他人。正要找小尼姑,小尼姑不知从哪个角落里转了出来,手里端着个茶盘。盘上有三样东西,是一碗白粥,两个馒头,一碟小咸菜。四娘清淡惯了,素菜照样觉得清香无比。边吃边和小尼姑聊天,四娘说:"小师父,悟因法师的功夫是不是相当了得,每天都在庵中练功吗?"

小尼姑笑着说："哪里,我每天除了看见家师在禅房里打坐外,也没看到过师父舞枪弄棒。"四娘心里纳闷,都说独臂神尼功夫上乘,难道又是道听途说?

吕四娘到海会庵一转眼三个月了,还是没看见独臂神尼,每天除了打坐实在是无事可做。每当追问小尼姑,小尼姑只说别急别急,让她静养身心。四娘倒真是有点小小收获,她发现每天打坐的时间一点点在增长,坐在床上清凉的感觉一天天增加,身体里的那股轻盈之气常让四娘感到舒爽无比,白天练功也觉得得心应手。只是一想到自己家仇在身,悟因法师又不见踪迹,心里就着急。

半年来,吕四娘没事的时候常到庵外行走,对五台山的地形了如指掌。五台山是文殊菩萨道场,由五座山峰环抱而成,五座山峰分别供奉文殊菩萨的不同化身:东台望海峰供奉聪明文殊,西台挂月峰供奉狮子文殊,南台锦绣峰供奉智慧文殊,北台叶斗峰供奉无垢文殊,中台翠岩峰供奉儒童文殊。山上林立的古刹宝塔,无不彰显出佛教圣地的庄严雄浑。

这几个月,吕四娘把这五座山峰都游尽了。几座峰都是非常高的,要游尽五峰也要有相当的耐力,刚开始时四娘有些吃力,渐渐地身轻如燕,登高峰如走平地。即使是有些倦意,打坐过后体力就恢复如初,而且内力是有增无减。

五台山的中心有个台怀镇,是五台山最热闹的地方。到五台山来观光拜佛的人都要到台怀镇,他们或者留宿或者歇脚。台怀镇是四娘常去的地方,一般是给庵里买一些生活的必备之物，这些原来都是小尼姑分内的事情，自从四娘来后，她就把这些事交给吕四娘。四娘也是闲来无事，再者还可以练练脚力。

这天一早，四娘就从庵里出来到台怀镇置办物品，到了镇中心就觉着今天的台怀镇跟以前不同，净水泼街，黄土垫道。心里正纳闷的时候，就听三声铜锣开道，先过来一队马队，马上这些官兵个个神气十足，马队过后是步兵，个个真刀实枪。步兵之后又有一路人马，这些人身穿黄马褂手握着刀把，神情紧张，眼睛向四处张望。这些人中间有一顶轿子，黄缎子的十分豪华。这些黄马褂左右簇拥着轿子。后面又是一队步兵，接着又是一队马队，队伍非常庞大。四娘心想这是什么人？场面如此气派。

向旁边人一打听才知道，是皇上到五台山敬香来了。一听说是雍正来了，吕四娘心中一阵大喜，心说雍正啊雍正我正愁遇不到你，今日你送到我眼皮底下，看来我吕家的仇马上就要报了。想到这里正要拔出冰霜剑，四娘又意识到时机还不到，莽撞行事只能打草惊蛇。

四娘潜伏下来想等到晚间伺机而动，打听到了雍正晚间歇息的地方，四娘就在远远的地方观察动静。天渐渐黑下来，只见雍正住的地方灯火通明，再看客栈里三层，外三层都是官兵，连个小鸟都飞不进去，四娘焦急万分。怎能让这么个时机就这么错过，她把心一横，拔出宝剑心想雍正我和你拼了，不管怎样姑奶奶今晚也要杀了你。她正要飞身向前，突然觉得自己的后脖颈儿被一只手牢牢掐住，按住了她的上身,四娘竟然无法动弹。吕四娘心说大事不好,这是谁,他什么时候到了我的后面?我怎么一点儿也不知道。后面的那位说:"你好大的胆子,竟敢刺杀王驾!"

四娘听后面那人一说话,头发根都立起来了,心里纳闷:"他怎么知道我要杀雍正,莫非他是雍正的人?看来我今天这条命就交待在他手上了。"

那人接着说:"你有几颗脑袋,你又把五台山众多僧人的性命置于何处?"四娘仔细一听觉着这人的声音怎么这么像女的。那人把手渐渐松开,四娘回过身来,一个老尼姑站在她面前,七八十岁光景,面色青白,灰布僧衣,一副威严的样子。四娘上下打量着尼姑,猛然看见这尼姑的左臂的袖子空空荡荡的,风一吹袖子随风摆动。哎呀!这难道就是我日思夜想的独臂神尼悟因法师吗?

四娘马上倒身就拜,喊了一声师父,眼泪就下来了。尼姑一看四娘流了泪,语气软下来说:"孩子,我知道你的心情,可是现在时机不到,去了只能枉送性命,走吧,跟我回庵中吧。"

老尼不是别人,正是江湖中大名鼎鼎的独臂神尼。她可不是一般人家的孩子,乃是前朝崇祯皇帝的女儿长平公主。当年李自成攻陷北京城时,长平公主还是个四五岁的孩子。崇祯皇帝一见大势已去,明白整个皇室将被血洗,与其这些后宫嫔妃被人糟蹋,还不如自己先把她们杀死。于是崇祯帝挥剑把宫里的妇人们一一杀死,看到长平公主时,一剑砍去,长平公主虽然还小,却是相当机灵。她看到父皇像疯了一样拿着剑冲着她过来了，本能地往旁边一躲。剑没刺到她的心脏，却削掉了她的一只胳膊。当时小公主疼得昏死了过去，多亏了公主的奶娘拼了命保住了她的命，又偷偷把她救出宫去。后来长平公主被一个云游的老尼救了，把她带到华山出家，并传给她武功。再后来长平公主到了五台山，她和原海会庵的主人是过命的朋友，多年后老庵主去世，她才到了这里长期居住在海会庵中。

老神尼练了一身绝世武功，本想反清复明，重振大明江山，可是总是找不到时机。眼见清朝的统治一天天稳固，老神尼年纪越来越大，她也心灰意冷了。半年前独臂神尼到少林寺拜访了然大师，了然大师就提起了吕四娘。独臂神尼听后顿时觉得眼前又有了希望。悟因法师有一身的绝学，特别是她用毕生时间揣摩出的绝技"摄神运气法"，是上上乘的武功。"摄神运气法"是凭自己的意念为武器，随意运气，心至气至，使出看似轻柔的一招威力却是无比，十丈以外的树叶都能被功力震得纷纷坠落。有时这一招又被江湖人称为"粘身十八跌"，再凶狠的敌人也靠不到近前，甚至还没看清对方出的招式，自己就早被人摔出老远。

江湖中有多少人慕名来学习"粘身十八跌"，不过来庵中住上不到半个月就都悄声隐退了。原来，老神尼一直想找个传人把自己毕生的武艺传下去，可是老神尼要求还挺高，第一要人品，第二要有功夫基础，第三要和满清有不共戴天之仇。这三点都能满足的还真不多。

老神尼暗中考验这些来庵中想学她武功的人，第一关就是静心关,所有来这里的人都被小尼姑带到那间只有个大石头作床的禅房里,在这间房里睡觉是别想,只能打坐。"摄神运气法"的入门功夫就是打坐,只有日夜打坐,摒除一切杂念,直练到心如止水、物我两忘的境界,体内真气才能与天地之气合而为一,才能发挥威力。很多人这一关就败下来,他们来庵里见不到老尼姑,十天半月等不到,心浮气躁的人就打了退堂鼓。

第二关就是看是不是有颗平常心,海会庵里就一个小尼姑,里里外外都要她来打点,所以老尼姑就暗中观察,看看来这里的人是不是能把庵里的事当成自己分内的事。

第三关也就是最重要的一关,就是个"缘"字,是否和那块大石头有缘。可千万别小看了这块大石头,它是老尼姑在华山学艺之时,她的老恩师的珍爱之物,取自华山峰顶的一块千年老石。这块老石经历千年岁月洗礼,吸收日月精华,十分有灵性。

只有和它有缘的人坐上去,才会有股轻盈的真气,随此人的血脉流经全身,如果能将这股真气凝聚起来,可以发挥出巨大的能量。即使不知道如何把这真气凝成一团,练功的人也会感觉到身轻体健,行走如飞燕,登山如平地。

老神尼在暗中观察了吕四娘三个月,真是惊喜万分,正要现身时,就发生了前文咱们说的吕四娘要在五台山刺雍正的事。老神尼马上出手阻止,现在时机还没到,轻易出手祸患无穷。

回到了海会庵,吕四娘跪倒在老神尼面前,把过去的经过一一讲述一遍,老尼听后不住地叹息说:"孩子,了然大师把你的情况告诉我了,从今以后你就在我这庵中练功习武,等到时机成熟时,为师必定会让你下山,找雍正报仇雪恨。"

一转眼两年时间过去了,这两年时间四娘在老神尼的悉心教导下练就了一身绝技,不但能飞行树梢绝壁,而且把"粘身十八跌"练到炉火纯青的地步,能心到功至,转瞬间闪出令人防不胜防的数十招。还有一套"神女剑法"威力无比,这套剑法共一百零八式,也是老神尼几十年揣摩出的独门剑法,分为三十六招攻式,三十六招走式,三十六招守式,而且见招拆招,变化莫测。吕四娘手执冰霜剑把这套"神女剑法"练到了登峰造极的境界,老神尼在旁观看不住地点头。

这一天吃过早饭,老尼把吕四娘叫到跟前,说:"四娘啊,为师见你功夫已经到了炉火纯青的地步,也是你该下山的时候了,一晃你在山上已经两年了,你也大了,下山后行走江湖你要明辨是非善恶。扶弱济贫,锄除不平是我们练武人的分内之事,如果你倒行逆施,伤天害理,为师绝不会饶你。下山去吧。"四娘眼含热泪,跪下给师父磕了三个头,起身回房收拾东西。独臂神尼把四娘送到了牛道岭,这是吕四娘进五台山时的头道岭。师徒二人在此处话别,老尼说:"四娘,复仇之路多有艰险,你要小心行事。'瓜熟蒂落,中秋之候'就是大仇得报之时。"吕四娘牢记在心,拜别师父,下山去了。这才要独闯江湖,进京长剑刺雍正。

第五回

妙龄女扶正震四方
焦山会拔剑试身手

　　吕四娘与师父洒泪而别,打算下了山先回一趟黄山。出来学艺两年了,还没有回去看望过母亲和黄犊老先生。她从南口牛道岭出来,出了山西,经过河南就可以到安徽境内。一路无话,吕四娘归心似箭,恨不得肋生双翅飞到母亲身边。过了河南进入安徽府,这一天就来到了三河镇。三河镇在合肥以南,庐江以北,巢湖以西。镇子虽小风景却很优美,而且这里的鱼相当地美味,远近闻名。四娘走了半天,感觉有点饿了,心想不如找个小店吃点东西,听说这里的鱼味道极美,既然到了这里,就品尝一下也算是种享受。想到这里她往路边看了看,还真有家饭馆。四娘走了进去,小伙计迎了上来。四娘一看这个小伙计年纪不大,尖嘴猴腮,浑身精瘦,见有了客人,小伙计满脸堆笑。

　　四娘问小伙计店里有什么特色菜,小伙计嘻嘻一笑:"客官,小店的三河清蒸鱼远近闻名,您要不要尝尝?"

　　"好吧,那就是这个了,快点啊,我还要赶路。"四娘说。四娘正等着上菜,就听到外面传来一阵哭声,好像是个妇人。顺着哭声,四娘抬头往窗外看去。刚才那个伙计,推着个妇人,妇人身后还跟着个小女孩,妇人带着哭腔央求小伙计。地上有一条鱼,还活着,在地上直打滚。小伙计一使劲把妇人推倒在地,抬起脚踩地上的鱼。妇人连滚带爬地过来要护住那条鱼,小伙计一脚又把妇人踢倒在地。

吕四娘见此情景,气往上冲,顺手拿起一根筷子打了出去。小伙计正要抬脚往妇人身上踢,脚还没等落下去,小伙计就捧着踝骨摔倒在地疼得哇哇直叫。就在打出筷子的同时,四娘一纵身从窗户跳了出去,轻轻落在了小伙计和妇人中间,伸手把妇人扶了起来。妇人满脸是泪,拾起了鱼给四娘行了个礼,领着小女孩走了。

四娘转过身来,看看那个小伙计。大概此时他也不那么疼了,站了起来。知道是四娘打的他,瞪着眼睛,扬起手来冲着四娘就是一拳。四娘动也没动一下,只等他的拳快要落下来,伸出了右脚照着小伙计的膝盖骨就是一脚。四娘那是练武的人,况且此时她正在气头上,这一脚劲能小了吗?小伙计摔出去得有五米远,趴在地上动弹不了,嗷嗷叫着。就一脚小伙计的腿就算不折了他也得在床上躺半年。四娘走了过去,用脚抬起了他的下颌,怒斥道:"今天姑奶奶教训教训你,小小年纪就知道欺凌弱小。"

小伙计疼得哭都找不到调了,带着哭腔说:"是石大爷让我这么做的,不关小的事,我跟她无冤无仇,哪想难为她?她得罪了石大爷,石大爷警告我们这些小店,谁要是收了她的鱼,就烧了我们的店铺。姑奶奶饶命啊!"什么?四娘一听横眉立目,世上还有这样的事?

就在这时,听到远处有人喊:"快来救命啊,有人跳井了!"四娘跟着人群往出事的地方去。井边围了一圈人,四娘扒开人群往里一看,咦!这不是刚刚的那个妇人吗?她身边的小女孩也被人救了上来。母女俩躺在那里,不省人事,竟没人敢管。四娘走了过去,俯身下去,为她们母女二人拍打前胸,捶打后背。不一会儿,就听妇人"哎哟"一声,慢慢睁开了眼睛。妇人意识逐渐清醒了,"哇"的一声痛哭失声。

她叫道:"为什么要救我们母女啊!我们活不了了,哪还有活路啊!天啊!你不让我们命苦人活下去啊!"四娘安慰了一番,妇人平静了许多,四娘就问:"大婶,为什么要寻死呢?况且还有个孩子,不为自己也要为孩子想想啊!"妇人抽抽搭搭地讲了她自己的遭遇。

原来这个妇人和丈夫都是打鱼的。他们有两个女儿,大女儿今年十八岁了。一家四口靠着打鱼勉强度日,哪知道当地的乡绅石大爷游巢湖,一眼就看上了他们正在打鱼的大女儿,非要讨去做小老婆。别看他们是贫苦人家,却相当有骨气,夫妻俩是坚决不同意,石大爷就派人打伤了她的丈夫,并且强行抢走了她的大女儿,大女儿被污辱后上吊死了。夫妻二人上门找石大爷要人,结果姓石的又把她丈夫打成重伤,旧伤本来就没好又加上新伤,丈夫一命呜呼,就留下了她和小女儿。为了生活她们只好再以打鱼为生,姓石的要赶尽杀绝,命令镇上所有的店铺谁也不得买她们的鱼,逼得她们没了活路。

吕四娘气得浑身颤抖,想起下山之前师父对自己说的,世间还有许多不平之事,习武之人锄强扶弱是分内之事。有这样的不平事,四娘怎能不管? 于是问清了姓石的住址,四娘提着剑径直向石家走来。石府的家丁还真不少,看见四娘拿着剑奔着大门来,就知道来者不善,都操起家伙迎了上来,可是他们哪里是四娘的对手,碰着就死挨着就亡。

四娘片刻之间就杀到内院,就见一个穿着体面的中年壮汉正搂着个小女子嬉戏。看来这人也会些功夫,见四娘怒气冲冲杀了过来,一伸手操过一把刀来。姓石的一看是个漂亮姑娘,也没把四娘放在眼里。四娘用手点指问道:"你可是那姓石的?"姓石的回答:"没错,正是你家石大爷!"四娘不容分说,举剑就刺。姓石的哪是四娘的对手,不下十个回合,就被四娘踹倒在地,一剑砍下头来,结果了他的性命。

四娘提着他的头来到镇中央,高声喊道:"各位父老乡亲,今天结果了这恶霸的性命,为民除了害。明人不做暗事,我姓吕名四娘。如有官府追查,乡亲们可以把我的姓名告知官府,免得连累好人。"四娘将姓石的人头扔到了地上,向大家一拱手朝镇外走去,没走出去几步就听到一阵阵掌声。

杀了石恶霸,四娘心里爽快极了。走出去也不知道多远,天就黑了。一阵风吹起,四娘看看天,乌云密布,要下雨了。正说着雨点就下来了,正巧前面有座庙。四娘跑了进去,发现是座破庙,庙里多年没人居住了,凌乱不堪。正中间有两座泥胎佛像,因为长期没人料理也是灰尘满面。四娘进来一看,虽然破点还是能容身。于是她拿起剑在破门上砍下几块木头,又堆起了一堆柴草点起了火。吃了两块干粮,被火又烤得暖烘烘的，四娘打了个呵欠，感觉身子有点累。

就在似睡非睡的时候，四娘听见庙外面有打斗的声音，顿时睡意全消，就见四个人围着一个人，四娘看出那人已经招架不住，一步步往后直退。四娘再仔细一看，中间那人全身上下一身白，正是白无双。吕四娘马上提着剑冲了过去，外面正下着大雨，眼看着白无双就不行了，四个人加快了招式正要拿住白无双，吕四娘的剑就到了。四娘剑锋犀利，逐渐占了上风。四个人见来的这个人不是寻常之辈，向后退了一步，压住了刀，大喝了一声："住手！"

双方怒目而视，四娘打量了前面的几个人，这几个人高矮胖瘦都占全了。为首的是个胖子，一身横肉，看见前面这个姑娘喝道："丫头，知道好歹的赶快离开，放你条生路。耽误了我们的正事，要了你的命。"

四娘"哼"一声道："我当你们是什么好汉，四个打一个以多欺少，亏你们还是江湖中人，颜面何在？"

胖子大叫一声："哎呀！臭丫头，我们奉皇上之命捉拿此人，你难道也是个反贼不成？拿命来！"说着挥刀就朝四娘劈来。只听到"当啷""哎哟"，胖子飞出去了老远。谁也没看到四娘是怎么出招的，其他三个人一看，大头让人揍了，哪能善罢甘休。他们各拿兵器奔着吕四娘就来了，四娘纹丝没动。"当啷""啪""哎哟"，几个人同时飞了出去。四个人一看不好，今天碰到高人了，快跑吧。胖子一使眼色，四个人捡起兵器，一会儿就消失在雨夜里。

白无双一开始还为这个姑娘担心，不过两个回合下来，四个人根本不是姑娘的对手。白无双也没看清吕四娘是怎么出招的,隐隐约约就感觉到吕四娘身后有股白气。等到吕四娘把白无双扶到庙里,他借着火光看清了原来是几年以前在黄山碰到的那个姑娘,不禁喜出望外。四娘看他一脸的血,就用破瓦片接了点雨水,给白无双擦干净。

两个人边烤着火,吕四娘就问白无双为什么会到这里,怎么会被那四个人追杀。白无双长叹一声:"我的师父就是江湖中赫赫有名的紫面昆仑侠童林童海川。暴君雍正登基后毒酒害群侠,把江湖中九十多位侠客害死,我师父幸免于难,反出了京城,出家当了和尚。为找雍正报仇,我师父广纳天下豪侠,打算是杀进北京城,要了雍正的命。两年前,我们到了浙江嘉兴,正好赶上吕留良父子的尸骨暴尸在菜市口。我师父听说吕先生是一代名流,不忍心忠义的人受到这么不公正的待遇,所以我们就把尸骨偷走了。前几个月我们听说吕家有后人,现在安徽黄山,所以我师父嘱咐我带上吕氏父子的骨灰,送到黄山交给吕家的后人。没想到在路上遇到了雍正的亲信,一路追我到了这里,要不是姑娘出手相救,我的命就交待了。"

吕四娘一听说父亲和祖父的骨灰就在少年的身上,"哇"的一声哭了出来。吕四娘说:"公子,我就是吕氏的后人,吕四娘。当年我曾经去嘉兴盗尸骨,去了的时候听说已经被人盗走了,没想到盗尸骨的人竟是白公子师徒。"

白无双一听也是暗暗称奇。吕四娘就把他们黄山脚下分别后的经历说了。白无双听了不住地点头,怪不得姑娘有如此的好功夫,原来是独臂神尼的弟子。吕四娘见外面天已经快亮了,对白无双说:"白公子,此地不宜久留,再说白公子的伤还要静养,不如和我暂时先回黄山吧!"白无双点头。

三河镇离黄山已经不远了,吕四娘租了辆马车,一路飞奔,很快就来到黄山。四娘见到了母亲和黄老先生,百感交集,同二老讲了以往的经过。当林氏看到公公和丈夫的骨灰时,悲痛万分,和四娘在黄山找了个安静的场所埋了,也算是入土为安了。

林氏对白无双的印象很深,不仅仅是因为这个少年救了自己的命,更因为这个少年举止文雅,面目清秀。林氏打心眼儿里喜欢白无双,一打听白无双一无妻室二没定亲,自己的女儿也到了该出嫁的年龄了,就有心想撮合他们。

白无双来到黄山后,在林氏母女的照顾下,很快身体就恢复了。每天看到四娘进进出出,时间一长白无双对四娘就产生了爱慕之情。本来身体好了就应该离开了,可是白无双没有走,也实在是不想走。爱慕之意一天比一天浓,白无双也是个读书人,并非轻浮之辈,有时他想只要每天能这么看着四娘他也心满意足了。

到了黄山之后,为了感激白无双几番对吕家的恩情,吕四娘决定把"神女剑法"中的守势教给白无双。等白无双好了之后,吕四娘就把白无双带到当年她练功的地方。一招一式手把手地把能耐教给了白无双,白无双也把从童林那里学到的"阳招八剑"教给了吕四娘。两个年轻人每天早出晚归,切磋武艺。这几个月白无双过得是轻松快乐,他自己也感觉

吕四娘与白无双相互切磋

到四娘对他的感情逐渐加深。

他哪里知道四娘的心事,沈在宽公子早就走进了四娘的心里,虽然与沈公子相处的日子不长,可是这几天的感情足以让四娘牵挂一生。特别是吕家、沈家出事以后,已不知道沈公子是不是还活在世上。在嘉兴时听曾静说沈公子还活着,四娘心里又有了希望,盼着和沈公子有一天能够再次相聚。辗转这几年,沈公子送给吕四娘的诗集,她始终带在身边,一刻也没有离身过。

这一天,她和白无双练完武功,正坐在林荫下休息。好几天了,白无双神情有点恍惚,一看到四娘他就紧张。他盯着四娘的脸,四娘也觉着今天白无双有点反常,就问他是不是身体不舒服。白无双把心一横,刚要对四娘表白自己的感情。你说巧不巧,忽然听到黄轶叫四娘的名字,而且声音非常地急。他们二人一听,马上迎了出来,就听黄轶说:"走,咱们回草堂,我有事和你们商量。"

三人回到草堂坐下之后,黄轶说:"今天一早,我朋友飞鸽传书给我,说沈在宽沈公子,近日在江苏镇江被人拿住,三天之后就要斩首。沈公子既是江南有名的才子又是沈家唯一的血脉,沈家也因吕留良案牵扯满门抄斩,沈公子侥幸逃走,没想到最后还是被鞑子抓了。我找你们二人就是要商量一下,无论如何要把沈公子救出。"

吕四娘一听沈公子在镇江,再也控制不住情绪,眼泪喷涌而出,心里是又急又喜,喜的是不管怎样沈在宽还活着,活着他们就有再相会的机会;急的是如今沈公子身困囚笼,不知受了多少折磨。四娘拔腿就往外走,黄犊一把拦住了四娘,说:"此事时间紧但不可急躁,我们要做一个详细的计划,我们不如这样这样去做,必会万无一失。"

吕四娘依照老先生的计划,三人马上启程,快马加鞭由黄山直奔镇江而去。白无双和沈在宽公子并不认识,只是听师父提到过江南沈家。不过看四娘情绪如此的激动,心中就明白了七八分,心想罢了,看来四娘心里早就有人了。"唉",白无双长叹了一声,心想:这份感情就让它埋在心底吧。况且江湖中人以义气为重,我虽和沈公子没有交情,但他是忠义之人,又是四娘挚友,我又怎么能不管?

这一路上白无双胡思乱想头脑乱极了。途中他们换了几次马,终于以最快的速度来到了镇江。镇江的繁华在江南是首屈一指的,可是他们哪有心思观山望水,明天沈公子就要开刀问斩了,他们必须做好充分的准备。到了镇江后他们找了一家客栈,然后按计划分头行动。白无双和黄犊离开客栈后,吕四娘也走了出来。她要先到镇江府衙走一趟,前前后后把镇江府衙绕了三圈,她要找一个最合适的进入府衙的地方。就在镇江府的西南角上,她发现有一棵浓密的大柳树。然后她又目测了一下西南角到府衙中心位置的路径,打定了主意,四娘按原路返回客栈。

二更已过,近三更天的时候,四娘收拾利索,从窗户飞身上房。这两年吕四娘练了一身好轻功,行走屋脊如履平地。四娘一路小跑来到了府衙的西南角,向四周看了看,一个人也没有,轻轻向上一纵将身体隐藏在大柳树上。她站在高处仔细把整个府衙看了一遍,发现在中心最高小楼偏后的一间房内灯火通明。吕四娘轻轻从柳树上跳下,顺着墙根朝最亮的那间房跑去。到了房后纵身一跃,四娘闭气凝神,身体就像四两棉花一样轻盈。

她小心地揭开了一片瓦,偷眼往里看。只见里面有两个官员在谈话,其中的一个是普通的官服,黑顶的官帽上面插着一根花翎。另外的一个是金丝镶边的官袍,红顶的官帽后面插着两根大花翎,看官服这人的官不小,至少也是二品往上。就听"黑顶"的说:"大人,小的见着大人,心里就有底了,我一个文官即使手下有些人,可是这些人见了江湖中那些贼就不顶用了,明天若要有人劫法场,我真是不知如何是好,幸好大人来了,我无后顾之忧了。"

"红顶"的说:"皇上派我来就是怕这一点,沈在宽是朝廷要犯,明天你也要多加防范,可别出了什么乱子。天不早了,我回去休息了。"说着这个"红顶"的就往外走,他转身往外走的时候,正好脸转过来正对着吕四娘。吕四娘一看,原来是他,这个人两眉中间的那朵九瓣金莲,四娘看得清清楚楚。这不是金莲花凤歧吗?他怎么来这儿了?四娘这一吃惊险些弄出动静来。等到他们都走了,吕四娘也悄悄离开镇江府衙,心想明天这场凶杀恶战是在所难免了。

回到了客栈,黄犊和白无双已经回来了,四娘把见到的一说,黄犊默不作声。沉思了片刻,黄犊说:"看来明天是场硬仗,一切按计划行事,千万小心。"说罢他们各回房间休息去了。

　　第二天,镇江城异常地安静,完全没有了往日的喧嚣与繁华。官府早就通知了各家各户,这一天全城停业一天。商家不准营业,居民不得出门,法场更不准许闲人观看。将近正午的时候,沈在宽公子的囚车到了法场。法场被层层官兵包围着,看情况连只小鸟都飞不进去。再看监斩台上,金莲花凤歧坐在当中,围在凤歧周围的是那天追杀白无双的四个人:元龙、元虎、元勇、元亮。这四个人也是大内高手,这次和凤歧一起来到镇江。旁边是镇江知府。沈在宽就像只小鸡一样从囚车中被拎了出来,已经被打得不成样子。

　　头声追魂炮"嗵"的一声,刽子手向前进了一步。一刻钟后二声追魂炮又响了,凤歧心里是一阵紧张,心想只等第三声炮响,沈在宽人头落地,我的任务也就完成了。就在第三声追魂炮即将响起的时候,法场外一阵骚乱。有人大喊:"不好了,马惊了,快躲开啊,碰着就死啊!"就见一辆四匹马拉的马车从圈外冲了过来。这些官兵都怕碰着自己,"唰"地一下让出了一条路。马车上只拉着一口大棺材,白茬厚板子像是新做成的。凤歧一看心里骂道,谁家这时候出殡,马还毛了,这还了得! 于是呵斥道:"别让马车进法场,拉住! 拉住!"

　　哪能听他的,就见马车从法场上横着过去了。到了沈公子近前,"咣当"一声棺材盖被人踢了出去,从棺材里飞出个白衣少年,手腕一扬一剑下去,刽子手人头落地,再一扬手,沈在宽身上的绑绳掉在地上。少年一弯腰抓住沈在宽前心的衣服,向上一提胳膊一甩把沈在宽扔在了棺材里。自己纵身也趴在了棺材里,任凭多少弓箭也只射在了棺材上,里面的人是毫发无伤。一切都太快了，只几秒钟的时间，事情就发生了翻天覆地的变化。

金莲花凤歧一看，不好，有人劫法场。他手执宝剑，施展燕子三抄水的功夫纵身跳到马车上，挥起宝剑将最前面那匹马的马头砍下。由于速度太快后面的马被前面的马绊倒，马车顺势翻了过去。白无双和金莲花战在了一处。白无双哪里是凤歧的对手，虽然和吕四娘学了几招可是火候还不到，渐渐地力不从心。这时吕四娘和黄犊杀了进来，元龙、元虎、元勇、元亮将他们两个围了起来。镇江知府一看不好，马上调集兵马，全镇江的官兵都向法场靠拢过来。

吕四娘他们三个虽说都是剑客，俗话说双拳难敌四手，还有金莲花这样的高手在这里。吕四娘打斗的过程中用眼角的余光寻找着沈在宽，看见扣在地上的棺材，料想沈在宽还在棺材里。四娘想眼下的形势不能逗留太长时间了，快快带着沈公子走，她这么想着，身子一晃躲过一刀，猛地朝棺材跑去。

金莲花一看就知道她肯定要去救沈在宽，便把白无双甩给了"四元"，挥剑向四娘砍来。二人战在一处难解难分，镇江知府趁他们打斗之时，早就派官兵重新把沈公子绑好，带走了。黄犊一看如此下去，不但救不了沈在宽，连他们的性命都可能搭上，不如今天先脱了身，改日再做计划救沈公子。于是扯起嗓子喊道："四娘，无双，此地不可久留，快走。"白无双一看四娘没有走的意思，都杀红眼了，虚晃一招，跳到吕四娘跟前，一剑刺向金莲花，金莲花向旁边一躲，这时四娘的剑就到了，金莲花向后退了半步，结果还是被四娘的剑锋给捎上了，正好从他的两眉中间划过，金莲花"哎呀"一声。白无双扯着吕四娘的胳膊，一纵身飞出了包围圈，跳上了早就准备好的马，飞奔出了镇江城。

按下吕四娘他们不说，单说金莲花凤歧。他回到镇江府，下令严加看管沈在宽。他是气愤至极，照照镜子，这一剑正好从两道眉毛中间劈下来，虽然只是被剑锋捎了一下，伤也不轻，两边的肉向外翻着，还不停地流着血。他心想：丫头，此仇不报非君子，来日方长，有朝一日我要是再见到你，一定要了你的命！包好伤口后，金莲花马上提笔把这边的情况告诉给了雍正，请示圣上要如何处理，是不是秘密把姓沈的处决了。八百里加急，被送到宫里。很快雍正回复了，他告诉金莲花，这是个很好的将江湖中异己一网打尽的机会，先不要处决了沈在宽，把他当成诱饵。他还让凤歧广发英雄帖，马上召开武林大会。谁要是胜者，谁就获得了相当于武状元的待遇，不但可以掌管兵权还可以号令武林。

于是凤歧按雍正说的，决定半个月后在镇江的焦山召开武林大会。再说吕四娘，自从劫法场失败之后，茶不思饭不想。他们不敢在镇江城内住，于是在离镇江不远的偏僻的小村子里找了个住处，先安顿下来。四娘每天都扮成农妇的模样，挑着担子进镇江城打听沈在宽的消息。忽然听说要在焦山召开英雄大会，她决定闯闯英雄会，也许会有新的发现。

焦山，是"京口三山"名胜之一，向来以山水天成、古朴幽雅闻名于世。它位于镇江城东北，屹立于大江之中，自古以来就是军事要地。英雄大会还有几天就要召开了,镇江城更热闹了,大大小小的店里住满了前来参加大会的侠客们。白无双这一天又来到了镇江城内,正走着就觉得身后有人拍了他一下,他一回头就看有一个穿蓝色衣服的人,向相反的方向跑去。白无双抬腿就去追,追来追去出了镇江城。就看那个人七拐八拐就进了树林,白无双一纵身也进去了。进来一看,那人不见了。白无双左顾右看,不见那人踪影。就在这时他感觉着后面有人又拍了一下,他转身一看,正是自己的恩师震八方紫面昆仑侠童林童海川,白无双倒身便拜。

白无双把离开童林后的经历一一讲给童林听,童林不住地点头。在白无双的带领下,童林见到了吕四娘和黄犊。三人一见如故。童林是听说焦山的武林大会才从广东赶来的,朝廷不过是想利用这次大会,挑起武林争端,所以万万不能上了他们的当。童林来到这里就是为了破坏武林大会,让江湖人看清朝廷的面目,没想到在这里遇到了白无双。

几天后武林大会在焦山正式开始。吕四娘和白无双也夹在人群里,进了焦山。人还真是不少,擂台被高高地搭起,擂台下边搭起了十四座看台,除了一处是主台坐着凤歧等人外,其他十三座分别属于南七北六十三省的看台。看台后面还有不少看热闹的地方,吕四娘他们就在看热闹的人群中。四娘向主台上一看,主台旁边有根柱子,柱子上绑着一个人,仔细一辨认那人正是沈在宽公子。四娘心想看来今天是来对了,救沈公子就在此时。

锣声一响,武林大会正式开始。一人飞上台去,先到主台上标名挂号,随后站在擂台上向大伙一拱手,道:"在下王征王远达,上这儿来不为别的就为取得兵权,号令武林。有不服气的你就上来,功夫上见高低。"这个王远达童林认识,早年曾经追随过八王爷,如今是六七十岁的老头了,他还来夺这个擂主,其中大有文章。再说这王远达果真不可小瞧,一上台就连胜了三局,而且扬言擂主非他莫属。

金莲花看了看身边的元龙,一使眼色。那意思就是说绝不能让他得了擂主,擂主的位置必须要落在自己人的手里。元龙明白,手提宝剑登上擂台。元龙可不是一般人,那也是成了名的剑客,一口剑在他手中是游刃有余。十几个回合下来,王远达就有点招架不住,结果被元龙一脚踹在小腹上跌落在擂台之下。元龙又连胜几阵,不免有些得意扬扬。挺个肚子斜着眼,七个不服八个不让。正得意时忽然飞身上来一人,这人也不标名也不挂号,直奔元龙而来。元龙一看认识,这不是在雨中救走白无双和劫法场的那个丫头吗?呵呵,正好拿你不着,今天你送上门来了。元龙指着四娘说:"丫头,你可敢报出你的姓名,我的剑下不死无名之辈。"

四娘轻声一哼:"姑奶奶行不更名,坐不改姓。你听好了,我叫吕四娘,是已逝江南贤士吕留良的亲孙女。"

元龙乐得直蹦,这可是要犯,今天要是把她拿住,何愁荣华富贵。于是举剑便朝四娘砍去,四娘挥剑接招。元龙实在是小瞧了吕四娘,十几个回合下来,就被吕四娘逼得没了退路。和他打,吕四娘还没有用上全部的功力。在上台之前童林交代她,今天是来破坏擂台的,所以每一局可使一个绝招,打胜一局就走。下局再上去再用另一绝招,打胜了再走。如此一来擂台就得乱了。

和元龙打,她只是使出了"神女剑法"里的攻势。这就了不得了,没多长时间,元龙一个没注意就被四娘刺伤了右臂,败下阵去。吕四娘也一转身跳下擂台消失在人群里。凤歧这个气啊!

武林大会还得再进行下去,打了几场后,元虎又上去了,没想到吕四娘重新回到擂台上,又使了几招把元虎也给打下去了,结果吕四娘又消失了。这时擂台下就有点骚动,还有人带头起哄,"什么大内侍卫噢,狗屁噢,连个姑娘也打不过。""什么英雄大会噢,就是给这些货色准备的,多亏这姑娘噢……"凤歧气得脸一阵红一阵白。

就在这时吕四娘又飞身上台,用剑一指凤歧,喝道:"凤歧,你个采花贼,你敢不敢跟姑奶奶比划比划?今天我要了你的命!"金莲花哪受过这气,一跃上了擂台,举手就朝四娘打去。四娘没动地方,等到这掌快到自己眼前了,就看四娘微微一挺身子,凤歧就像被什么东西弹了一下,弹力还挺大,凤歧一个没站稳向后连退几步。也就是凤歧,要是别人就得飞出去了。

台下的人瞪大眼睛都纳闷呢。因为谁也没看清吕四娘是怎么出的招。之后凤歧又连挨了四娘几招,都是用同样的武功。凤歧也大吃一惊,他听说过江湖中有一种武功叫"粘身十八跌",莫非这丫头练成了这种武功吗?

正在此时,台下又上来一人。凤歧一看是个和尚,高大的身躯，紫脸庞。凤歧仔细再一看，这不是童林吗？他什么时候出家当了和尚了？凤歧心说还开什么武林大会，这些人来了，还有谁是他们的对手！童林上了台，双手合十，口颂佛号道："凤歧，何必如此助纣为虐，今天你要是不想在众人面前丢脸，我给你指条路。"说到这儿，童林用手一指台上柱子上绑着的沈在宽，"把沈在宽公子交给我，结束武林大会，你就走吧。"凤歧看看吕四娘，又看看童林，心想也就只能这样了。不过他眼珠一转，一拱手说："童侠客，看来今天就得按你说的办了，沈公子也是一代才子，我也不想杀了他，我亲自把他给你带来。"

金莲花凤歧把沈在宽的绳子解开，把他带到童林跟前，就在离童林还有十步左右的时候，用掌推了沈在宽一下，嘴里说："沈公子，你去吧！"沈在宽被金莲花一推，顺势向前走了几步。别看凤歧只轻轻推了一下，这一下里蕴藏着巨大的内力，这股内力足可以让沈在宽的筋脉尽断。凤歧心想就是把沈在宽交给你们，他也是个废人，命也保不住了。

就这样吕四娘一行人等把沈在宽带走，以最快的速度离开了镇江。吕四娘在武林大会上出手不凡震惊了江湖。从此江湖中一提起吕四娘是无人不知无人不晓，并送给她一个响当当的绰号——幻影女侠。

第六回
白无双关外寻宝参
小惠仙报恩入皇宫

　　吕四娘一行人带着沈在宽,雇了一辆马车离开镇江往黄山而去。吕四娘一看沈在宽,心如刀绞。沈在宽哪里还有人样啊,披头散发,眼窝塌陷,脸上血迹斑斑,身上都是伤。可能是受了太多折磨,神智还有些不清醒。四娘在一旁不住地呼唤沈公子,沈在宽也没什么反应。黄犊给沈在宽号了号脉,眉头一皱说:"怎么会这样?沈公子全身筋脉尽断,生命在旦夕之间,况且这伤不是普通医生能治得了的。老朽虽略懂医术,不过也是无能为力。"说着黄犊从怀中掏出一粒自己研制的丹药给沈在宽服下,接着说:"这丹药只能帮助控制沈公子的真气不倒流,至于要保住沈公子的命,还要世外高人相助,不过,唉!如今上哪儿找世外高人呢?"说到这儿黄犊是直摇头。

　　吕四娘听黄犊这么一说,眼泪就下来了,回忆起当年沈公子是何等的英俊潇洒,再看看现在,命能不能保住还在两可之间。

　　忽然,这辆疾驰的马车突然一刹车,就看车老板猛地勒紧了缰绳,直勒得马前蹄高高扬起,发出一阵怪叫。车里的人也是坐立不稳，都差点跌倒。黄梃一挑车帘正要问是怎么一回事，就看见马车的前面站着个出家的僧人。这个和尚双手合十，口念佛号"阿弥陀佛"。黄梃一看喜出望外，忙跑下车来呼喊："老神仙，你可想死我了！"这老和尚正是了然和尚，焦山大会他也来了，只是一直在暗处观察，当他看到金莲花一推沈在宽时，就明白了一切，想出手相救已经晚了，所以他一路追了上来。

接着童林、白无双、吕四娘都从车上下来，一一见过礼。老和尚口念佛号说："吕施主，焦山英雄会大显身手，独臂神尼的心思总算没有白费，真是可喜可贺啊！没想到吕施主离去如此之快，老僧紧赶慢赶总算是赶上了，沈公子的病怕是不能再拖了。"

众人一听，暗暗称赞。老和尚仔细地给沈在宽把了把脉，沉思了好一会儿，然后说："金莲花，好狠毒啊！"大家不知道为什么老和尚这么说，都愣愣地瞅着他。"沈公子原本只是皮肉伤，可是就在擂台上，金莲花轻轻一推沈公子的时候，已经使出了全部的内力，所以沈公子才会筋脉尽断，朝不保夕啊！"大家这才恍然大悟。"但老衲既然来了，就要设法保住沈公子的命，不过，要想沈公子恢复如初还得一件宝贝。"

四娘一进身，跪在了然的面前说："老神仙，只要是这世间有的，就是月亮我都会把它弄来。"了然呵呵一笑："只要一支千年人参足矣！但是，此物最是难找，人参产自关外，离此万水千山。千年人参更是无价之宝，不是有缘之人，恐怕难以见到它的庐山真面目。"

四娘说:"我这就去找,就是挖地三尺,也要把它找出来。只是沈公子就拜托各位了,请各位在黄山等我的好消息。"说着就要往外走。

白无双一把拦住了她说:"四娘,此地到关外,路途遥远,而且这个时候关外正是冬天,异常寒冷。你一个人去实在让人放心不下,如果四娘不介意,我愿意和你一道前去,彼此还有个照应。"白无双也是大仁大义之人,见吕四娘对沈在宽如此的深情,很受感动,打心眼儿里想为他们两个做点事。既然四娘想去关外找人参,不如自己也同去,毕竟自己是个男人,行走关外还是要方便一些,所以就打定主意和吕四娘一同去。

四娘一听心里感动极了,心说人家白公子不止一次出手相助,如今又要和我一起去关外找人参,白公子一番好意,我怎能推辞。再说,此去万水千山确实要有个照应,于是欣然答应。

自此他们兵分两路:黄犊、童林等人护送沈在宽回黄山;吕四娘和白无双买了两匹千里马,直奔关外而去。白、吕二人快马加鞭,越往北走天气越冷。通常意义上所讲的关内与关外是以山海关为分界,过了山海关天气骤然变冷,他们二人也换上了宽大的裘皮。时值十二月,北方正是冷的时候,二人骑在马上就觉得寒风凛冽,像刀子一样刮得人脸生疼。四娘在五台山时也见过雪,不过像关外这样的大雪还是很少见,大片大片的雪花从天而降,转眼间天地皆是银白一片。

他们出了山海关来到了奉天境内,当时的奉天就是今天的辽宁省,不像今天的沈阳已经是一座现代化的城市,当时关外人烟稀少,还是蛮荒之地。一片一片的原始森林,放眼过去望不到尽头,特别是到了冬季,如果没有当地人指路,走进茫茫的林子就可能会迷路。吕四娘和白无双一路上还不觉得苦,可是出了关,越往里走越艰难。

走了一路他们也没见到个市镇。正走着他们看到前面似乎是条河,刚下过雪,往哪里看都是一片白。他们判断是条河是因为看见前面有个人走路时一滑一滑的。就见前面那个人穿得非常臃肿,头上裹着个大头巾,可能是因为太冷了,这个人抱着肩膀快速地往前走着。白无双一看前面有个人,就想过去问问这是哪里,打听打听看看附近有没有市镇,好找个住的地方,顺便打听一下有没有卖参的。他正要喊前面那个人,就听"哎呀"一声,那个人掉进了河里。

虽然说这里的天气奇寒,水早就被冻上了。可是北方人在冬天打鱼的时候通常是把冰砸开露个窟窿,从里面往外捞鱼。可能不久前有人在这里捞过鱼,冰还没冻实,又下了一场雪,盖住了那个窟窿,所以前面那个人掉了进去。白无双一见这种情况也没顾得上天如何的冷,水如何的冰。跳下马三步两步就跑了过去,闪掉外氅,也跟着跳了进去,好在白无双动作快,水性还好,下去三下两下就拽住了那人的衣服,向上一托,他们两个人的头就露出了水面,一使劲把那人就扔了出去。刚才为了救人,白无双没太在意,这时才缓过神来,哎呀!这河水冰凉刺骨。白无双一纵身跳了出来,浑身上下湿透了,直往下滴水。只片刻间衣服就被冻硬了。吕四娘也跟着跑过来,见此情景,一低头把白无双的大氅捡起来迅速地披在了白无双身上,然后把自己的扯下盖在了那个人的身上。

吕四娘仔细一看,这个人是个女的。因为穿得厚,光看背影还没太看出来,这一看前脸,就看出来了,是个挺漂亮的姑娘。这个姑娘因为入水时间不太长,又感觉不断地有人在晃自己,她慢慢地睁开了眼睛。这时她已经意识到发生了什么事,从地上缓缓地起来,用手一指前面说:"我家就在前面,跟我来,快走。"

白无双这时脸都冻紫了,哆哆嗦嗦地跟着姑娘来到了一间茅屋前面。推开柴门走过一段小路就到了门前,进了门吕四娘就感觉到一股暖气扑面而来。外间屋是灶台,灶台下火烧得旺旺的,透出诱人的红色。听见有动静,里面走出来一个妇人,一看进来这些人吃了一惊,再一看落水的那个女孩子,就明白了怎么一回事,赶忙把他们迎进屋里。白无双感觉稍稍好了一点儿,不过还是觉着头有点重,眼皮沉。那妇人找出了干净的衣服让白无双换上,然后又在炕头上给白无双铺上了被子,让白无双躺下,亲自沏了碗姜水让他喝下去。白无双就觉得昏昏的不久就睡着了。

四娘也随着女孩子回了她的闺房。女孩子换下衣服,喝了姜水,用被子裹住了身子。这虽是一个普通的人家却是相当地干净。那妇人面色白皙,非常慈祥,眼神中透出一种安稳宁静的味道。北方的房屋构造与南方不同,通常外间是灶台,里面是一铺炕。灶台除了做饭之外最大的用处是为了取暖。这姑娘的闺房也是这个构造，四娘躺在炕上胡思乱想，不知不觉中也睡着了。

再说白无双也不知道自己睡了多久，就觉得身底下奇热，身上大汗淋漓，衣服都湿透了。他下意识地要把被子掀掉，可是被一只手按住了，有个平缓的声音说："别动，孩子，再忍忍。"白无双就觉得这个声音好像来自遥远的天际，温暖宁静，那么地安心。恍惚之中他又睡着了，白无双好久没有睡过这么安稳的觉了。

第二天，他慢慢睁开了眼睛，觉得身体轻快了许多，静静回忆了一下，想起来了。自己好像从水里救了个人，之后来到这里，觉得浑身酸乏无比，然后就什么都不知道了。正想着，就见门帘一挑，四娘还有昨天救的那个姑娘进来了，后面跟着个妇人。那妇人打扮得很齐整，面容慈祥，虽是粗布衣服，却透出一股难以掩盖的气质。白无双欠身起来，那妇人忙用手示意他躺下。妇人说："公子，你还得休息几天才能恢复，昨天真是很感谢你救了小女。不过你是关内人，不太习惯北方的气候，又感染了风寒，所以病得重些。昨天我用我们这里的土办法给你排了汗，虽然风寒已去，但是还是十分虚弱。你暂且不用动弹，再过两日就会好的。惠仙你过来，快来谢谢恩人！"

就见四娘身旁的那个姑娘走了过来，向白无双深深施了一礼，说了些感激的话。见那姑娘也就十六七岁，细高挑的个头，瓜子脸，面色红润，也是个漂亮姑娘。白无双见姑娘给自己施礼，忙阻止。白无双的手本是想由下而上示意姑娘不要行礼,结果姑娘一施礼,手不小心正碰到了白无双的手,他们二人都像触了电似的向后一缩。姑娘是满脸通红,头一下低下了。

妇人问:"不知公子姓名,他日如果有缘,也好报恩。"白无双赶忙回答:"老人家说的哪里话,小小事情何足挂齿。再说我这病也是老人家治好的。在下姓白,叫白无双。"

"噢!"妇人一愣,嘴里喃喃说道,"不会有那么巧的。"白无双也没太听清她说什么,也没多问。

白无双见那妇人由心而外地有种亲切感,特别是他在睡梦中听到的那个好似在天际传来的声音,让他无法忘记。两天以后白无双的身体已经恢复了,算了一下日子,他们出来时间不短了,那边沈公子还在等着他们的人参救命,所以白无双就想该起程了。他们跟妇人说明了意思,收拾东西就准备走。白无双行李中带了几件衣服,他随手拿出一件来,想把妇人给他找的衣服换下来。他一抖衣服,"啪"掉出一件东西,正好落到了妇人脚下,那妇人弯腰把它捡起。突然妇人愣住了,马上抬头看白无双,两眼紧紧地盯着他,看得白无双不知所措,问道:"老人家,有什么不对吗?"

妇人看着看着,眼泪下来了。白无双更不知如何是好,不住地问:"怎么了?怎么了?"不一会儿,妇人呜呜地哭了起来,哭声是越来越大,把白无双哭呆了。这时四娘和惠仙都进来了,看见妇人哭得这样伤心都愣了。哭了一会儿,妇人抬起头来,上一眼下一眼打量着白无双,带着哭腔问道:"白公子,你告诉我,这块玉佩是你的吗?"

　　白无双说："是啊，老人家，我打小就带着，我义父说是我亲娘给我的。"妇人放声痛哭，哭着哭着，妇人一伸手从怀中掏出个锦包，打开锦包也是一块玉佩，和白无双的是一模一样，而且两块玉佩对在一起，严丝合缝是一个圆，这是一块龙凤佩。白无双脑袋一片空白，他也不知道是怎么回事，不过他预感到这个妇人一定和自己有关系。

　　这事说来话长，原来这妇人姓白。当年白小姐和同村的万叔明是青梅竹马，两小无猜，二人定下了终身。万叔明家有块祖上传下来的龙凤佩，二人就将此做了定情之物，一人一半。谁知朝廷选秀，地方官就把白小姐作为秀女报了上去，没办法白小姐只得进了宫。进宫之前，白小姐就和万叔明说，只做宫女的话我五年就能从宫中出来，你等我五年，我一定出来和你完婚。万叔明也表了态，一定等着白小姐。白小姐进宫后，万叔明也来到了北京城做起了生意。

　　一转眼三年过去了，白小姐一直在宫中做个侍女。日子虽然清苦，白小姐却充满了希望。哪承想有一天康熙帝在后花园游玩，听见一阵凄婉的笛声，康熙帝被吸引住了。顺着声音就见一座假山后坐着个小宫女，在那儿吹笛子，康熙帝一直听着最后叫了声好。就见这小宫女一抬头，脸上还都是泪。这张泪光点点的脸楚楚可怜，康熙帝顿时动了怜香惜玉之心，当晚就招小宫女侍寝。这小宫女就是白小姐，她当日想起了万叔明，闲来无事吹起了笛子，这一吹不要紧，断送了自己后半生的幸福。

　　那晚之后，康熙帝就把白小姐给忘了。可是依照宫里规矩,被皇上临幸过的宫女是不能出宫的,白小姐只能在宫中过完自己的后半生。不久以后白小姐发现自己怀了龙脉,康熙帝国事繁忙,后宫佳丽三千,连白小姐都不记得了,哪里还会知道这个孩子? 这一切都瞒不过心机颇深的皇后,当她知道白小姐生了个龙子之后,为了能使自己不再多个争宠的敌人,也为了她的儿子少一个争夺皇位的绊脚石,她想出了一个"绝妙"的计策。她把白小姐叫到了自己的储秀宫,告诉白小姐在宫里她想让谁死就如同踩死一只蚂蚁那么简单。如果想让刚出生的孩子平安地活下来,白小姐就要答应她永远不再见皇帝,孩子也不能姓爱新觉罗,否则的话白小姐就要付出丧子的代价。

白小姐本来也不想争什么宠,如今又有了孩子,只盼望自己的孩子能平安地长大成人,所以答应了皇后,并给自己的孩子取名白无双。白小姐在冷宫中一转眼生活了两年,日子就已经到了同万叔明约定的出宫的日子了。白小姐辗转托人给万叔明送出了一封信,信中把自己这五年在宫中的遭遇一一说明,告诉万叔明不要再等下去了,找个合适的人成亲吧。

万叔明看了白小姐的信痛断肝肠。这时候的万叔明在京城中已经是数一数二的大商人,这么多年他一直没有娶妻,只盼着白小姐能够顺利出宫,二人成亲。今天看来一切都不可能了,可是再怎么样他也要见白小姐一面。于是他用重金买通了京城侍卫大臣,先打听好了白小姐的具体位置,然后扮作一个小兵,来到了冷宫。白小姐怎么也没有想到今生还能再见到万叔明,他们抱头痛哭。

看着儿子一天天长大,白小姐的心越来越不安。她还记得当年皇后对她说的话,虽然皇后保证只要她照做,就会母子平安,可是白小姐总有一种隐隐的不安,她太不相信这个变幻莫测的宫廷了。见到了万叔明,白小姐在悲伤之余又看到了希望,她把白无双托付给了万叔明,并把当年万叔明送给自己的那块玉佩给了白无双。万叔明伸手拦住了,把自己身上的那块给了白无双,他认为将来如果他们母子有相认的一天,玉佩就是信物。

万叔明把白无双带出了宫,在自己家中抚养,请文武先生教白无双习文练武,万叔明把白无双当成自己孩子一样一心一意地培养。就这样白无双在万叔明家里长大成人,又拜了童林为师。后来冷宫也不知怎么的起了一场大火,白小姐趁乱逃出了皇宫,宫里人以为白小姐被烧死了,从此以后就再也没有人知道白小姐还活在人间。白小姐逃出来以后隐姓埋名到一户商人的府里当老妈子,后来这个商人举家北迁,白小姐也跟着一起到了关外。如今在辽河旁边的一座小草房里过活,惠仙是她收养的义女,两个人相依为命。没想到老天有眼,又见到了亲生儿子,白氏不禁情绪失控,泪流满面。

白无双一听自己的身世竟然是这样,而且眼前站着的就是生身的母亲。他"扑通"跪倒在地,爬到了白氏跟前,伸手抱住了母亲的身体,把脸埋在母亲的怀里放声大哭,叫道:"娘啊,你想死孩儿了!"没有娘疼的孩子,心里有一面特别脆弱。白无双的记忆中没有母亲的存在，每当看到别人家的孩子有母亲在旁边呵护，无双就特别地难过。今天看到眼前慈祥的妇人就是自己母亲，心情可想而知。母子俩抱在一起哭成了一团，旁边的四娘和惠仙也跟着掉眼泪。

母子二人相认聊来聊去，就聊到白无双和吕四娘来关外的事上来。白无双把此行的目的告诉了母亲，并说千年人参也不知道到哪里去找。听到这里白氏微微一笑，说："孩子，要说别的你娘没有，千年人参娘倒是有一棵。"白无双一听马上瞪大了眼睛，喜出望外。白氏接着说："当年老皇帝离开之时，顺手将他身上带着的高丽国进贡的千年人参赐给了我，这棵人参价值连城，是参中的上品。宫中失火时我没带出什么，只把这棵参放到了身边。"于是白氏下了地，把桌子挪开，掀起了桌子下面的一块砖，下面有一个长方形的地洞。白氏一伸手在地洞里掏出个小包，把外面的包裹皮去掉，露出了个锦盒，白氏把锦盒递给了无双。

白无双打开锦盒一看，哎呀！就见黄澄澄的缎子上躺着棵人参，上面还有根红线。这棵参看上去果真与平常的参不一样。都说七两为参，八两为宝，这棵参足有八两重，乍看上去就像个小娃娃，而且小胳膊小腿粗墩墩的，参须密密麻麻没有一根断的。白无双从心往外地喜欢，他马上把四娘叫了过来。四娘一看到宝参高兴得眼泪都要出来了，跪倒在了白氏面前千恩万谢，白氏忙把吕四娘扶了起来。

人参已经找到了，四娘和白无双马上就要回黄山，沈在宽公子还等着人参救命。白无双哪里肯再和母亲分别，执意要母亲和自己一起走,白氏点头应允,于是和惠仙收拾东西。这样吕四娘带着人参先走,白无双买了一辆马车,和母亲、惠仙一起离开关外,直奔黄山而来。

吕四娘带着千年老参,快马加鞭飞奔回黄山。黄犊等人正翘首盼着吕四娘他们能够快点回来。几位大侠把沈在宽救回来后,沈在宽和死人几乎没有区别。每次给他把脉,了然大师都皱着眉头。好在了然大师医术高超,利用自制丹药稳住了沈在宽的心神,再用内力逐渐将他体内的阴毒之气荡尽。几天以后沈在宽的神智慢慢恢复了,也有了点力气,可以吃一点点稀饭了。要想让沈在宽不至于成为残废,必须要有千年老参的神力。

沈在宽神志清醒后,一点点回忆起了以往的经历,真如同在梦中一样。

曾静是在老家被捕的,消息封锁得十分严,远在嘉兴的沈家完全不知道这件事。后来事态越来越严重,沈家很快被牵扯进来,因为涉及的人口众多,钦差大臣不敢自作主张,上书朝廷请求圣上指示。雍正的回复只有一个字"杀"。当官兵抄沈家时,正是半夜。沈在宽的父亲听到门口车鸣马嘶就知道不好,连衣服也没有穿好直奔沈在宽的睡房。官兵已经冲进了沈家,沈老爷一把把沈在宽推到地道里,然后以最快的速度跑上床,让人以为他就住在这间房里。官兵冲进来,一把把沈老爷捕获。他们哪里知道,地道里逃出了沈在宽。

沈在宽在地道中待了三天三夜,他在地道口处听到外面已经异常安静时,悄悄从地道里爬了出来,结果发现沈府中已是空无一人，而且凌乱不堪。沈在宽就像在做梦一样，一夜之间大祸临头，红红火火的沈府到了如此的地步。沈在宽明白沈府肯定是摊上官司了，看情形是大事，看来沈府是不能再留下去了。沈在宽流着泪趁着黑从后门溜出了沈府，出来之后，沈在宽一摸口袋还有几两银子，这几两银子还不知能活到什么时候。沈在宽跟跟跄跄顺着小路向城门走去，天刚蒙蒙亮，沈在宽夹在来往进城出城的人群中出了嘉兴。他用自己身上穿的衣服换了一个早起种田农民的粗布衣服和一顶草帽。路上打听才知道，吕家也没能逃得了厄运。沈在宽放心不下四娘，心想：四娘和她母亲虽说在杭州，可是吕氏一门被抄，四娘她们可能也会受到连累，不行我必须去一趟西湖山，倘若她们母女二人还在那里，我一定要设法让她们远走高飞。

沈在宽直奔西湖山而来，到了那里却看到已是人走屋空。沈在宽心急如焚，也不知道她们是逃了还是也被捕了，猛然想到林氏和附近尼姑庵中的尼姑走得很近，何不去问一问？于是沈在宽来到了尼姑庵，推开庵门，见里面有个小尼姑正低头扫地。沈在宽上前施了个礼，开门见山就问小尼姑是不是知道林氏母女的去向，小尼姑看着沈在宽吓得浑身颤抖。就听禅房的门被踹开，里面蹦出两个大汉，用手一指沈在宽喝道："这个一定是吕留良的同党，抓住他。"沈在宽看到这情景，撒腿就跑。

那两个大汉在后面紧追不舍，沈在宽一介书生哪里跑得过他们，就看他们之间的距离越来越近。跑着跑着沈在宽发

沈在宽到了绝路

现前面没路了,他站在了悬崖的边上,下面是深不见底的深渊。沈在宽跑到这里停住了,那两个人在离沈在宽两三步远的地方也站住了,嘿嘿一笑:"我们哥儿俩在这儿等了几天了,就知道吕四娘跑了,一定还能有送上门的,没想到就把你小子逮住了,今天看你往哪儿跑。"沈在宽一看前有深渊后有追兵,这该怎么办。算了,看来我沈在宽没有活路了,反正都是死,还不如我自己选个死法。于是沈在宽把眼一闭,一纵身跳下了深渊。

沈在宽本来想一死了之,不知过了多长时间他微微地睁开了眼睛,就见自己躺在了一间昏暗的屋子里。沈在宽环顾四周就发现这屋子实在太简陋了,除了一张床外什么都没有,屋顶有多处见光的地方,看来是漏了。沈在宽清醒了一下头脑,起身下了地。虽然还有不适,但是还能支撑住身体。沈在宽晃晃悠悠地来到屋外,走出了屋外就见靠近柴草门的地方支起了一口锅,锅里直冒热气。锅旁边坐着个姑娘,一条油黑的辫子垂到了腰间,姑娘背对着沈在宽,出神地看着眼前的锅。

沈在宽走到姑娘身后,一施礼说:"姑娘,这是在哪里?"姑娘一愣,转过身来,看沈在宽醒了,马上起来说:"你醒了?你睡了好几天了。"这个姑娘中等身材,皮肤黝黑,眼睛明亮。

原来沈在宽从山崖上跳了下去,下面是富春江,被水冲了出去,结果遇到了一对打鱼的父女。这样沈在宽让人救了,昏迷着躺在这个简陋的小屋好几天了。得知是姑娘一家救了自己,他感激万分。沈在宽也没有地方可去,恰巧遇到了这对打鱼的父女，从此以后就跟着这对父女以打鱼为生。几年间他们辗转于苏州、无锡等地，沈在宽对父女二人只说自己姓陈叫陈宽，不是想有意隐瞒，只是不想连累父女二人。

虽说这几年一直和父女二人打鱼，但他心里一直没忘吕四娘。每到一个地方，就侧面打听吕家及吕四娘的消息，可是一直没有结果。后来他们又来到了镇江，这一天打了不少的鱼，他和打鱼女孩就到市集上卖鱼。鱼卖得差不多了，女孩子拿着钱去买菜，就只留沈在宽在那里。说来也巧就让一个人看到了，这个人左打量右打量终于认出了沈在宽。

这人是谁？是沈家原来的管家沈福，他可不是什么好人，当日沈家被抄，他也一起让人抓了起来。这个人平常就比较滑头，听说沈在宽没被抓着，就主动站了出来，说他不但知道沈在宽在哪儿，还知道吕家的孙女在哪儿，但是条件是自己得活命。因为他是个下人，又有重要线索，他自己家里的人也花了点钱，因此办案的差官就以证人的身份换了他囚徒的身份。因此沈在宽一到了西湖山就早有人等在那里，险些丧了性命。

这一天没想到沈在宽在这儿又碰到了他，可是沈在宽也不知道他的为人，在集市上遇到他时，沈在宽还惊喜万分。沈福认出了沈在宽，把眼珠一转，就编了个瞎话，说自己逃到了镇江，而且说自己在逃走之前沈老爷还交给了他一封信，哪一天碰到了公子，把信交给公子。

说到这里沈福还掉了几滴眼泪。一听沈福有父亲的信，沈在宽急了，等了些时间还不见女孩回来，在沈福的劝说之下,先和沈福回去取信。沈在宽想去取信也用不了多长时间,回来之后就再找女孩子。哪里知道沈福将他交到了官府,得了一笔赏钱跑了。

这就是以往的经历,沈在宽虽是逃出了魔掌,可是这条命能不能救回来,还在两可之间。正在大家为沈在宽着急的时候,吕四娘回来了而且还带回了千年宝参。了然一看这棵参,连连赞叹。还真别说,有了宝参的作用,沈在宽的命算是捡回来了,只要有足够的时间,沈在宽的病还是有希望治好的。

半个月以后,白无双和母亲白氏和惠仙就来到了黄山。见了面之后,大家热闹了一番。知道是白无双和白氏救了自己的命,沈在宽向白氏母子深深鞠了一躬,白无双赶忙上前扶住了沈公子。借这个机会白无双把沈公子打量了一番,这一个来月沈公子的病逐渐好转,气色也红润了许多。白无双端详了一下沈公子,沈公子也是个英俊少年,眉宇间散发着浓浓的书卷气。四娘选择了沈公子也不算辱没了她,沈公子果然也是一代才俊。

就这样白氏母子和惠仙就住在了黄山。听说了白无双是如此的身份,大家不禁长叹了一番。白氏和林氏相处得十分愉快,姐妹二人在一处常常闲谈。林氏本来是十分相中白无双的,也想过把自己的女儿四娘嫁给白无双。不过从沈公子来了之后,林氏就看出了女儿的心思,看沈公子的身体,林氏是一百个不愿意,所以就想和白氏商量一下把白无双和四娘的事在两个母亲这里定下来。白氏也是很喜欢吕四娘,一听林氏有这个意思,自己觉得很合适就答应了。就在她和林氏聊这个事儿的时候,没有在意旁边有个人把她们的谈话听得一清二楚。就见这个人心一酸,眼泪下来了。

原来惠仙正要从外面进来,还没等进来时就听到林氏说把吕四娘嫁给白无双。惠仙比四娘小两岁,也正是情窦初开的时候,就在白无双救了惠仙的时候,惠仙就已经喜欢上了白无双,后来没想到白无双是母亲的亲生儿子。惠仙其实不是白氏的亲生女儿,惠仙是旗人。白氏逃出宫无路可走的时候遇到了惠仙的父母,他们靠经商为生,觉着白氏可怜,就带着她去了关外。后来惠仙的父母经商失利,又碰到了土匪,夫妻二人就死在了关外。白氏就带着惠仙跑到了一个偏僻的地方,安顿下来。惠仙知道白无双是母亲的儿子打心眼儿里高兴,从此以后就可以和白公子多亲近亲近。从关外到黄山的路上,白无双和惠仙是说说笑笑,白无双把自己以前的事,还有吕四娘的事一一讲给她听。她对吕四娘是从心底里佩服,惠仙一直把吕四娘当作她的恩人,惠仙小小年纪也是深明大义之人,自从那天被白无双和吕四娘救了之后就在心底里打定主意将来有一天一定要报答他们。

今天一听白氏和林氏要撮合白无双和吕四娘,心底就一酸。她就没进去,转身出来了,擦了擦眼泪,边擦边往外走。正急走着撞到了迎面来的黄犊,黄犊也是急急地往里走。二人撞了个正着,惠仙差点摔倒,黄犊一伸手扶住了她,也没仔细看惠仙的脸,只说了句:"这孩子!跟我来,我有事找你们。"说着往里就走。惠仙也跟着进来了,随后吕四娘、白无双、林氏、白氏都相继跟着来了。黄犊带回了个消息,雍正要选秀女,要在全国的旗人里选到了年纪的女孩。黄犊说:"这是个可以接近皇宫的机会,如果我们利用这个机会让四娘进宫选秀……"

四娘一听,喜出望外,马上就表示要去。可是随后他们马上意识到,四娘并不是旗人,而且此事需要里应外合,如果杀了雍正,就要神不知鬼不觉,不能连累到他人。四娘如果以秀女的身份进宫,势必要跟众多无关的人有联系,这不仅会让其他人受连累,稍不小心还可能将大事泄露出去,到时就可能前功尽弃。就在众人犯难的时候,不料惠仙说话了:"我去,我是旗人。"

众人吃惊地看着小惠仙,就听惠仙说:"我是在籍的旗人,父母也早就去世了。我一个人不怕受连累,而且吕姐姐对我有恩,我要进得宫去探听到消息,帮吕姐姐报仇。"

吕四娘当然不能答应,可是这还真是个机会。黄犊说:"惠仙真是深明大义的孩子,只要我们策划得周全,我可以保证惠仙性命。"众人齐刷刷地看着黄犊。这才有小惠仙为报恩入宫,吕四娘进宫刺雍正。

第七回

罗汉殿一怒斩淫僧
妙音庵巧遇甘凤池

　　小惠仙决定入宫,大家露出担忧的神色。白无双当然也不例外,和惠仙相处了一段时间,他也很喜欢惠仙,这种喜欢只是哥哥对妹妹的喜欢,白无双从来都把她当成小孩子。今天惠仙做出了这样的决定,也出乎白无双的意料。白无双看着惠仙稚嫩的脸,对她产生了无限的敬意。

　　惠仙下了黄山,到了黄华县县衙,把自己的户籍递了上去,取了秀女牌,只说自己生活在黄山脚下,等到出发的时候就会来报到。惠仙回到黄山"野云草堂",一路上闷闷不乐,快到草堂的时候就听后面有脚步声,回头一看是白无双,惠仙眼泪都快下来了。

　　白无双看见了小惠仙在前面,就紧走了几步,赶上了她。惠仙看着白无双说:"白大哥,惠仙能跟你说句话吗?"白无双一愣说:"你这孩子,跟哥哥还有什么不能说的? 好吧,这里有个极好的地方,四娘以前带我去过,走!"惠仙听白无双说四娘的名字,心里一沉说:"惠仙已经不是孩子了,过几天就要进宫选秀,怎么还是孩子呢?"

　　白无双在前面走,惠仙在后面跟着。他们来到了当年吕四娘练功的那块山崖上,二人并排坐在了崖头。惠仙说:"白大哥,你什么时候和吕姐姐成亲?"白无双一愣,心里酸溜溜地说:"我怎么会和四娘成亲? 四娘心里另有他人。"

"噢!"惠仙心里突然一亮,可是又暗了下去,接着说:"哥哥,你是不是喜欢吕姐姐?"白无双没说话,长叹了一声:"四娘能找到心里喜欢的人,我应该替她高兴,况且沈公子和四娘也是天生一对。"听完白无双的话,惠仙也就明白了。

惠仙说:"哥哥,惠仙这次入宫,是为了报哥哥和吕姐姐的恩情,我不会武功只能用这个办法替吕姐姐分忧。可是……"还没等她说完,白无双说:"我知道妹妹是大仁大义之人,我真的很敬佩,妹妹一定要多保重。"

惠仙说:"我要是出了事,哥哥会伤心吗?"白无双说:"当然会,我不希望这样,我希望你能平安回来。"

惠仙说:"有哥哥这句话,惠仙心满意足了。"

第三天,惠仙跟着安徽府的秀女们一路上京。白无双和吕四娘另有任务,分头行动。

吕四娘奔京城去了,一路无话。这一天来到山东省泰安县的泰山脚下,四娘觉着这几天路赶得匆忙有点累了,恰巧走到了一片树林,这里前不着村后不着店,眼前的树林也正好是个歇息的地方,于是牵着马就进了树林。她刚要把马拴到一棵树上,听到树林里面有动静,好像是有人在哭。

这人边哭边大声喊:"天啊,你要了我的命吧,老天你真是瞎了眼啊!"四娘听着,不知道发生了什么事,就牵着马往里走。走不多远看前面的树上吊着个人,吕四娘一看有人要自杀,哪能见死不救。吕四娘三步两步跑过去,拔出宝剑砍断了绳子,那个人就掉了下来。刚刚吊在树上一会儿,这个人还没死,很快就醒了过来。

这个人看上去有五十几岁,中等身材,头发已经花白了。老者醒来时发现自己躺在地上,上吊的绳子也断成了两截,前面还站着个大姑娘。老者知道自己没死成,放声大哭说:"姑娘,你救我干什么呀?让我死了得了,我没法活了,刚才我吊上去,疼了那么一会儿,就什么也不知道。你说你把我救了,过会儿我还得死,那不是要遭两遍罪,你害苦我了。"老者说到这儿呜呜呜地哭个不停。

四娘心里纳闷,我救了他,他反而埋怨我,真让人无法理解。四娘看这个老头哭得这么伤心,就蹲在了老者面前问:"老人家,有什么想不开的事吗,非得寻死?如果相信我的话尽管跟我说说,看看我有没有能帮上你的。"

老头看看四娘长叹了一口气说:"你是个姑娘家,我跟你说有什么用,说也是白说。算了,你走吧,我还得接着死去。"

四娘说:"老人家难道碰到了什么强盗吗?"

老头说:"姑娘你有所不知,我和我的女儿小莲就住在离这儿不远的一个村子里。小莲的娘死得早,我辛辛苦苦把她拉扯大,现在小莲也是个十六七岁的丫头了。今天一大早,小莲就跟我说,要到正严寺烧香,我就和我女儿来了,哪承想烧香的时候,就让来正严寺云游的僧人法明看到了。他说看气色我女儿有难,还说他可以破解,就把我女儿带走了。我一等不回,二等不回。我急了直奔后面的禅房,可是有两个小和尚把我拦住了,我说我要找我女儿,一个小和尚笑了,不阴不阳地说,要想活命就赶紧走,他们的大法师法明看上了我女儿,今晚就要成就夫妻之好。这我哪能干呢,就往里闯,两个小和尚不但没让我见小莲还揍了我一顿,把我踢出了寺。我知道我女儿是个刚烈的孩子,哪会从了他,最后难免也是一死,还不如我先去黄泉路等她呢!我们父女也是个伴。"

吕四娘听完老者的话,心说原来这个庙是个贼窝。吕四娘真说对了,正严寺原来也是个清静的地方,香火还挺旺。住持静空大师是个有为的僧人,造福了一方百姓。后来,来了个云游僧法明,他可不是个好东西,他杀了住持,赶走了小和尚,自己在正严寺当起了住持,还找了两个小贼做了和尚。三个人靠打劫往来烧香、投宿的人为生。他们有个最大的特点就是好色,时常带不三不四的女人回寺里,要惦记上谁家的大姑娘小媳妇,他们总要得逞才痛快。

老汉也是受了和尚们的害,一气之下寻了短见,幸好吕四娘从这里经过救了老汉,否则这世间又多了个冤死鬼。吕四娘听完事情的经过不禁柳眉倒竖,心想今天我要是没有碰到也就算了,碰着了就非管不可。

吕四娘安慰了一阵老人家,告诉他今晚在寺外等着,一定把他的女儿小莲平安带回来。老者听完四娘的话,欣喜万分。

四娘来到正严寺,观察了一下周围的地形。正严寺就坐落在泰山脚下,庙宇不太大,也是分着几层。进了门正对着的是大雄宝殿,供奉着如来佛祖。大雄宝殿的两侧是观音殿和弥勒殿。它们的后面是罗汉殿,罗汉殿后面就是后房,平常是和尚们休息的地方。下午时分正严寺人烟稀少,四娘在里面转了一圈就离开了。

天慢慢黑了,吕四娘从后面潜进了正严寺。不远处前面的禅房内灯火通明,有划拳行令的声音。四娘轻轻走到近前,用手把窗户纸捅破,往里面看。炕席上有一张桌子,桌上摆满了酒菜。有两个人面对面推杯换盏,还有两个浓妆艳抹的女人陪在两个人的身边。和尚模样人的后背对着吕四娘,没法看清他的样子。但另一个人四娘看得很清楚,这个人一副书生打扮,四十几岁的样子,面色青白,喝着酒还时不时地和身边的女人打趣。

和尚说:"没想到岳大人如此尊贵的身份能光临我的小庙,令小庙蓬荜生辉。岳大人来泰山是不是有什么重要的事啊?如果有需要效劳的地方,岳大人千万别客气,我定效犬马之劳。"

岳大人说:"这次来确实有要事在身,不过忙里偷闲来你这儿看看老朋友。不错,如今我们正用人,特别是你这样会功夫的能人,有什么好事我不会忘记老弟你的,来,喝酒。"

和尚点头哈腰,嘴里不住地奉承。和尚边给岳大人倒酒边说:"那还得请岳大人多在皇上面前美言几句了,哈哈哈……"

岳大人也跟着哈哈哈地笑着,用手捏了捏身边女人的脸,色眯眯地瞅着这个女人。和尚摆了摆手说:"岳大人,这些都是庸脂俗粉,喝酒助个兴还可以,真正的上品我已经给大人准备好了,今晚就请大人好好受用,呵呵呵呵……"

岳大人脸上笑开了花,用手点指着和尚说:"好,好,好,老弟真是想到为兄心坎儿里去了……"

吕四娘听他们两个人这么一说,就明白了七八分,心想这也是个鞑子的走狗,那个女孩子还在寺中,先救了她然后再来收拾这些败类。

吕四娘就在寺里寻找姑娘的下落。她趁着黑转过了两间房,没发现姑娘的痕迹。刚要往前走,看见前面的一间禅房门口站着两个小和尚。两个小和尚来来回回地在门口晃着,一个小和尚说:"师父吩咐一定要看好这小娘子,待会儿岳大人来了,咱们的事儿也就完了,咱们也该吃吃喝喝,可千万别在咱哥俩看她的时候出乱子。"

另一个和尚满不在乎地说:"心放肚子里吧,能出什么事啊!谁敢动咱们嘴里的肉。唉!师父也不说先给咱们拨点菜拿点酒来。"

四娘猜到那个女孩子一定在这间屋里,眼珠一转计上心来。四娘悄悄来到了屋子后面,一纵身上了房,把房顶的瓦片轻轻揭开,然后屏住一口气悄然落下,就像四两棉花落地,一点儿声音也没有。四娘走到床前看到床上捆绑着个姑娘,嘴被塞住,姑娘的眼睛都哭肿了。

姑娘一看四娘先是一惊,四娘用手做了个不要声张的动作,然后用剑一划,姑娘身上的绳子就落到了地上,四娘又把她嘴里的东西拿了出来。姑娘身子一软跪在了地上,眼泪哗哗地流了下来。四娘小声说:"姑娘你没事吧?跟我来。"

四娘悄悄地把姑娘从后窗户带了出来,按着事先看好的路来到了院墙边。四娘轻轻用手一推,姑娘就被四娘推上了墙头。四娘一纵身也上了墙,然后用手抓住姑娘后心的衣服往上一拎一顺,姑娘就到了墙外。老人家在这里等了很长时间了,正着急呢,听到墙上有动静。看到女儿出来了一把就抱住了孩子,父女二人失声痛哭。四娘忙制止住,父女二人转身又给四娘跪下,四娘马上又用手扶起来,告诉他们快点离开。看着二人离开后,四娘翻身又回到了那个房间,一切就好像是什么都没有发生一样。

过了没多长时间,外面有人说话:"小娘子还在吧,有没有再闹啊?岳大人来了。"

"师父放心,小娘子先前还不停地哭闹,估计现在也累了,没了动静,可能是睡着了,就请岳大人进去吧!"

接着听见有脚步声,门一下被推开了。四娘一伸手把床帘挡上,只留了个缝往外看着。进来两个人,一个是和尚,一个是那个书生。和尚要去点灯,被书生拦住了,示意和尚出去吧,和尚一点头偷笑着走了。

书生听和尚走远了,慢慢走到床前,咳了一声说:"小娘子,不要怕,今天也是我俩有缘,你要是愿意好好侍候我,管保你荣华富贵,一生受用。"他伸出手去掀床帘,突然感觉一股凉气奔自己来了。

书生也是个练家子,喊一声"不好",身子向后一纵,躲过了这一剑。四娘手执宝剑从床上跳下,向书生又刺了一剑。二人战在了一处,这个人虽说是个高手,但比起吕四娘还是差了那么一点儿，他连连后退，虚晃了一招从门口跳出。再说和尚听到后院有打斗的声音，连忙跑了过来。

岳大人跟个姑娘打在了一处，姑娘一招比一招快，手中那把长剑发出的光在黑夜中就像一条飞龙，上下翻舞。眼见着岳大人就不行了，和尚拿着刀迎了上去。岳大人一看和尚来了犹如见了救命恩人一般，闪退在一旁直喘粗气。和尚也没比岳大人强多少，只见四娘一个剑里挑花，这是"神女剑法"里的一招，手腕向上一挑剑尖直奔和尚的手就去了，和尚一看不好，手一松刀掉到了地上。

姓岳的一看，这么几招和尚的刀就掉了，于是又挥拳上来，与和尚一起战四娘。二人边打边退，直退到了罗汉殿。借着罗汉殿的灯光，四娘边打边观察眼前的和尚。突然吕四娘发现这个和尚的右耳朵少了一块肉。哎呀！四娘一下想起来，当年她和母亲在黄山大石旁等吕德时，就是这个人劫了她们，要不是黄老先生，四娘的清白就要葬送在此人手里。

认出了眼前的仇人，四娘分外眼红，心说我找你都找不着，今天你自己送上门来了，小贼啊！我要了你的命，以雪那天的耻辱。于是四娘大声喝道："山贼，你可认识你家姑奶奶是哪个？几年前在黄山险些上了你的当。今天我就要了你的命，你哪里走！"

这个贼一生作案无数，平平常常的女子他早就不记得了，可是他还是认出了眼前的四娘，一是因为这个女孩子长得太漂亮，二是因为他平生作案很少有失手的时候，只是那一次失了手，被一个内力高强的人用石头打中了手。他怎能不记得呢？当天他被吓得提刀就走，跑下了黄山。后来一路作案，官府发下海捕公文要捉拿他，他看实在没办法再混下去了，干脆就剃了头当了和尚。

虽说是当了和尚，不过死性不改。前几次云游到这个地方，一看庙里就只有几个和尚，就起了贼心杀了住持，赶走了小和尚，自己住了进来，随后又找了两个不务正业的小子当了小和尚。今天他也认出了吕四娘，心头就是一凉，坏了，这小丫头不知从哪里学了一身好武艺，今天我的性命怕是要不保啊！

想到这里招式就有点乱，再加上他本来就不是吕四娘的对手，一脚被吕四娘踹倒在地，还没等起来，吕四娘用剑封住了他的喉咙。和尚吓得不敢动弹，嘴里不停地求四娘饶命。吕四娘冷笑一声："饶命？跟阎王爷说去吧！"于是手起剑落，结果了他的性命。吕四娘把剑上的血在和尚的衣服上擦了擦，回身去找那个姓岳的，早就踪迹不见。

吕四娘提起宝剑，把正严寺翻了个底朝天，一个人影也没有，其他的人早吓得跑了。吕四娘从寺门出来，心里总算出了口恶气。她沿着山路继续往前走，时间已经到了深夜，也不知道这是哪里，前边又是什么地方。走出了几里地，前面隐隐约约看见个处所，天边微微有些泛白，四娘走近一看又是个寺院，仔细上前一瞧写着"妙音庵"三个字，原来是个尼姑庵。泰山自古也是朝圣之地，附近的寺庙不少。这个妙音庵和刚才的正严寺是相距最近的两个地方。

吕四娘对尼姑庵并不陌生，知道是个方便之门，跑了一整

吕四娘挥剑杀仇人

晚,想找个安身的地方。天渐渐亮了,这时庵门被打开,从里面走出个小尼姑,挥动着扫把,打扫庵前的这块空地。四娘走了上去,说明来意,小尼姑把她领进了庵内,禀明住持,随后把四娘带到了个禅房。

四娘也是有点累了,倒下就睡,本来想醒了以后,打听一下路程继续往北京,想着想着头脑有点发沉,渐渐地睡着了。

也不知过了多长时间,四娘醒了过来,觉着浑身酥麻动弹不了,她马上意识到不对劲,自己让人绑在了床上了,而且还被点了穴。不好,四娘心说,自己一时大意被敌人钻了空子,怎么泰山底下的寺庙个个都是贼窝?正在此时一个人走到了床前,嘿嘿一笑。四娘抬头一看,不是别人,正是昨晚在正严寺跑了的那个姓岳的,没想到自己又落到他的手里了。

姓岳的说:"姑娘,没想到这么快咱们就又见面了,告诉你这个妙音庵可是我的地盘,本来以为挨了你一顿打就这么算了,哪承想你自己又送上门来了。"说着拿着把匕首在吕四娘眼前晃来晃去,说:"这么漂亮的一张脸蛋,死了实在太可惜了,你若是从了我,咱们什么都可以商量。"

"呸!"四娘吐了他一口说,"今天落到你手里,要杀要剐你随便,姑奶奶要是哼一声,就不够人字的一撇一捺。"

他们在这儿你一句我一句的,还不知道屋顶上此时还有一个人。这个人一听吕四娘说出这番话,竖起了大拇指,暗暗称赞,好个有骨气的小女子,今天被这贼人所害,我必要出手相救,也算积得功德一件。

就看这个人从怀中掏出一块石子,照着前面的大门就是一下，手劲可够大的，"当"的一声，木门被打出个大窟窿。姓岳的一听这么大的声音以为发生什么事了，一纵身从屋里跳出来，跑到门前一看一个人没有，只是门破了个洞。

姓岳的掉头就往回跑，等他进了屋，吕四娘已经踪迹不见，气得姓岳的顿足捶胸。

再说吕四娘，见姓岳的跑出去了，与此同时从屋顶跳下个人，蒙着脸，快步走到床前，一伸手把吕四娘从床上提起来扛在肩头，重新上了房，沿着房脊一路跑下去。

四娘奇怪的是，那人扛着自己在屋脊上仍能行走如飞，而且是声息皆无。也不知跑出了多远，到林子中间的一片空地上，他把吕四娘轻轻放下，给吕四娘解开了绳子，点开了穴道。吕四娘长喘了一口气从地上起来，拜倒在恩人的面前。那个人把脸上的黑巾揭下，是个四十多岁的大汉，两眼圆睁，双眉直竖，极长的乌须垂过了胸膛，头戴一顶力士巾，身穿一领玄色缎紧袖袍，脚踹一双尖头靴，腰束一条丝鸾绦，肘下挂着小刀子，一副练武人的打扮。四娘说道："小女吕四娘，拜谢英雄的救命之恩。不知英雄大名，有朝一日一定要报答英雄的恩情。"

那人一愣，扶起了吕四娘说："你就是江湖人称幻影女侠的吕四娘不成？今天一见是三生有幸，在下甘凤池。"

"原来是甘老英雄，四娘早已耳闻老英雄的大名，只是无缘相见，家师时常提到老英雄，她称赞老英雄是真义士。"

"不知令师是哪位高人，在下可否认识？"甘凤池说。

"五台山独臂神尼悟因法师。"吕四娘回答。

吕四娘在五台山学武的时候就常听独臂神尼提起江湖中有一个好打抱不平的英雄,这个英雄有一门功夫非常了得,是江湖中的一绝。他只要沉住丹田气,一使劲,哪怕几千斤的石块,打落在他头上身上,他也会丝毫不觉得,足以见得老英雄内力了得。

有一次老英雄牵扯到一场官司里,县老爷动了大刑,就在台州府大堂之上,三副夹棍断作十八截,散了一地,老英雄的两腿却毫毛不伤。

还有一次为一个穷人到当地的一个财主家讨公道。为了教训那个财主,老英雄两手扳着墙门,把身子往后一挣,那堵墙就拉拉杂杂卸下半堵,转身走上厅来,背靠着柱子,两手背着,把身子一扭,那条柱子就离地歪在半边,把一架厅檐,就塌了半个,吓得那个财主全家当场跪倒在地求饶。

可是这老英雄怎么到了妙音庵了呢?吕四娘就问。甘凤池大笑着说:"我到这里办件事正巧看到岳钟琪绑了你,就顺道把你救了。"

一听到岳钟琪三个字,吕四娘恨得牙咬得直响。甘凤池一看她这个表情就问怎么了,吕四娘就把黄犊给她讲的跟甘凤池讲了一遍。甘凤池听后"噢"了一声说:"原来这小子还有这些个不光彩的事。如今他可不同了,是当今皇上手下的大红人,官至一品,曾任抚远大将军。现在雍正把他调了回来,交给他一件重要的事。据我查到的,雍正正在秘密训练一批杀手,唤作'血滴子'。"

吕四娘说:"我好像听过这个名字,有不少江湖中的英雄都死在了'血滴子'的手上,而且相传他们能熟练地使用一种武器,这种东西飞出去瞬间可以取人的脑袋,非常地狠毒。"

甘凤池说:"没错,这个地方正是雍正秘密训练'血滴子'的地方,用个尼姑庵掩人耳目。岳钟琪就负责这件事,不但如此,他还秘密探听江湖中有哪些人对朝廷不满,制造了不少暗杀事件。"

吕四娘一听怒道:"此人真是要人人得而诛之,老英雄,不知四娘是不是能够助你一臂之力?雍正与岳钟琪和我有不共戴天之仇,此去北京我正是要找雍正报仇。"甘凤池听吕四娘一说,也点头说:"好吧,咱们暂时就近安顿下来,等待个恰当的时机,把他们这个组织毁掉。"

从那天起甘凤池和吕四娘就找了个地势高的地方住了下来,在那里可以看到妙音庵的一举一动。第二天,甘凤池对吕四娘说:"这几天我要出去一下,你在这里观察妙音庵的情况,等我回来,到那时就是时机成熟之时。"说完甘凤池走了。奇怪的是一连几天妙音庵内是一点儿动静也没有,每天还是那个小尼姑拿着扫把,到外面打扫,然后庵内庵外连个人影都没有。四娘纳闷同时心里也着急,决定夜探妙音庵。

当晚三更时分,吕四娘换上了夜行衣,青纱罩面。一路小跑来到妙音庵墙外,轻轻一纵身跃上了屋脊,四娘朝着有光亮的屋子走去。

吕四娘走到这个屋子的上面,揭开几片瓦往里看,里面是空无一人。四娘正在奇怪,只听到身背后嗖嗖嗖上来四个人,四个人把她围在了中央。这四个人也是身穿黑衣,黑布蒙面。不过每个人的手里都拎着个黑布包，四娘手执宝剑做好了应战的准备。其中一个人猛地把手里的黑包向天空中一抖，这个黑包就在空中旋转起来，速度越来越快，直奔吕四娘而来。

阴风一阵奔自己的头就来了，四娘手扬起宝剑使了一招风花乱舞。冰霜剑是世间难得的宝剑，也是削铁如泥，就听见"当当唧唧"一阵乱响，火花四溅。四娘心想这是什么东西？我的宝剑还从没有遇到这样的对手。这一招风花乱舞把黑包外的布皮割得粉碎，一个闪亮的光圈套在了四娘的宝剑上，四娘一甩把这个东西甩出老远。

刚喘过一口气，又一个黑包扔了过来，四娘用同样的招式又破解了一个。紧接着又有两个同时飞了上来，四娘刚用剑去甩其中的一个，另一个就过来了。她哪有分身之术，眼见着这一个黑包已经飞到了自己脑袋的上方，四娘心说不好。

说时迟那时快，就听到"啪"的一声，一个石块把这个黑包斜着打了出去。紧接着不知什么时候，在这四个人的身后闪出了一个人，这个人飞起几脚把四个黑衣人踹到了地上。吕四娘一看正是甘凤池，老英雄来的真是时候啊！

其实老英雄这几天没走远，他发现妙音庵实际上只是个幌子，真正的名堂出在妙音庵的后面。这个尼姑庵背靠着一座大山，有几座禅房正是贴山建成的。甘凤池围着山转了几圈，开始并没有发现什么异常，偶然有那么一天，甘凤池就发现山后面有块大石块，大石块的旁边没有任何的蒿草。老英雄就觉着奇怪,环顾四周一看只有石块这里没有蒿草。他走过去仔细看了看石头,因为经过长期的风吹日晒有些风化,有的地方还往下掉渣。可是甘凤池却发现有那么一面,不但没有风化的痕迹而且相当地光亮,像被什么东西长期摩擦擦亮的。

甘凤池尝试着推了推石头,没太推动。又一使劲石头轻轻动了一下,甘凤池运用自己的绝世武功,就这么一搬一晃,就见石头松了,老英雄再一用力,石头已经迸得粉碎。

扒开了碎石甘凤池往里一看,有一条地道,从外面看黑洞洞的,什么也看不见。甘凤池猫着腰,顺着地道往里走,越走越宽,越走越亮。走了没有多久前面豁然开朗,是一个宽大的空旷的场地,上下的距离非常地大,四面由下而上都是陡峭的山壁组成。

就听一阵锣响,闪出来十几个人。这十几个人分成了两组,他们的手上都拿着个黑包。老英雄认出来了,正是雍正的"血滴子"。老英雄心想一个两个还好对付,这么多人对付起来有些麻烦,如果他们手中的黑包都甩到天上,就更麻烦了。想到这里老英雄晃动身体,他这个快啊,前前后后几个回合这十几个人就都被老英雄点住了穴位。

老英雄一看此地不能久留,今天侥幸逃了,他日再来吧,他又从原路返回。出来时天已经黑了,到了他和四娘住的地方,不见了四娘。老英雄猜到四娘一定是去了妙音庵,于是甘凤池马上转身来到了尼姑庵。来到这里正巧看到四娘大战"血滴子",他一看不好,四娘要吃亏,就出手打了个飞黄石。

吕四娘一看是老英雄，喜出望外，也飘然由房上下来。二人背靠背向四周环视，就在这时，从靠山的那几间禅房里涌出了二十几人。甘凤池知道这些一定是刚刚被自己点住穴位的那些人，看来那块大石头是后边的一个门，前面的门就是那几间禅房。这些人为首的正是那个姓岳的。

四娘看见姓岳的喝道："岳钟琪，今天姑奶奶就取了你的命。"岳钟琪一听她知道自己的名字，就接着说："姑娘认得我吗？"

"呸，你是我不共戴天的仇人，你可知道黄犊老先生？我就是受了黄老先生所托，特来取你的命。"一听吕四娘提黄犊，岳钟琪脸"唰"地一下子白了，他以为这一辈子再也不会有人提起黄犊的名字，没想到眼前的这个小姑娘，竟说出了这个名字，看来她知道自己先前的所有事情。于是二话没说用手一指他们二人，吩咐后面的人道："杀死他们！"

话音还没落，就看见前排的"血滴子"纷纷倒下了。原来甘凤池看这么多的"血滴子"要一一对付，恐怕自己和四娘不是对手，不如先下手为强。于是就在岳钟琪抬手的时候，甘凤池也一抬手射出了一排暗箭，前排的"血滴子"倒下了。接着又一抬手，另一排又倒下了。岳钟琪倒吸了一口冷气，心说我的"血滴子"还不曾失败过，今天却发生了这样的事。

岳钟琪一看最后就只留下自己一个人了，把刀操了起来横在胸前。吕四娘向前走了一步，对甘凤池说："老英雄，今天这个姓岳的就交给我吧。姓岳的，你死期到了！今天姑奶奶不用别的招式,就用黄老先生教给我的招式,结果了你的性命。"甘凤池听四娘这么一说,闪在了一旁给四娘压阵。

四娘不由分说与岳钟琪战在了一起。姓岳的师从黄犊,所以四娘的招式他全都知道,四娘发起的进攻,他一一化解。四娘暗暗一笑,这是你见识过的,还有你没见识到的。于是剑锋一转,用了黄老先生晚年悟出的"碧松剑法",岳钟琪果然不知,有几招他是勉强躲过,险些被四娘的剑锋扫到。

四娘计算了一下和他打斗的时间,心想得了,该到时候了。于是剑式一变使出了最后一招"风舞松针",四娘已经把这招练到登峰造极的地步,此时只见剑花而不见其人,犹如劲风掠下松针向四处飞散。岳钟琪大惊失色,心说这一招式黄犊并没有教给我,原来他跟我还有保留啊!脑子一溜号,他手中的剑就不听使唤了。道道寒光直奔岳钟琪的咽喉,岳钟琪眼花缭乱不知哪个为真哪个为假,正慌乱中就听"啊"的一声,血光四溅,他的尸身倒在地上。

四娘看着他的尸体,长叹一声说:"一切都是你咎由自取,从此世上少了一个祸害。"甘凤池和四娘一把火把妙音庵烧为了灰烬。

二人离开了此处,在路上四娘问甘凤池:"老英雄准备到哪里去?"甘凤池说:"本想和你一起进京城,可是我还有要事在身,姑娘你我二人也算相识一场,临走之前我教你点东西。我平生所学有两样在江湖中无人能敌,一个是撼力神功,这是一门刚硬无比的功夫,练习的人要有十足的内力,男孩子练习这门功夫最好,练不好不但不增加功力反而会损害身体；另一个就是棉丝轻功，这是轻功的最高境界，有此功在身不但可以让你身轻如燕，而且可以跨越天堑。我想这门功夫你用得上，将来行走皇宫的时候，在屋宇之间就会如履平地。"

四娘听老英雄要教给自己功夫，真是求之不得，立即跪下给老英雄磕头。甘凤池拦住了她说："我看你是行侠仗义之人，况且又是块好材料，你不必多礼就是了。"

于是一路上甘凤池将内功心法及要领一一讲给四娘听，四娘是绝顶聪明之人，况且自己又有武功基础，一点就会。实地之中演练了几次，四娘已经将这门功夫学得八九不离十，只是稍欠点火候。

甘凤池一看心里称赞："罢了，真是长江后浪推前浪，世上新人换旧人。短短几天就能领悟到我棉丝轻功的人，世上真是少之又少，如今看吕四娘的修为，真是个练武的奇才啊！"

快要离开山东境内时，甘凤池对吕四娘说："就到这里吧，我还有要事，从这里一路往北，用不了多少日子你就可以到北京城了。告辞。"于是相互道别，甘凤池往西，吕四娘往北。这一路吕四娘除恶扬善，还学了绝世神功，收获不小。看着甘凤池离去的背影，吕四娘跪下磕了三个头，起身往北而去。

第八回

雍正帝圆明园悲秋
小秀女古香斋吹笛

大清时的北京城大部分沿用了明朝时北京城的格局,有一定改动但并不大。四娘没有来过北京城,一路上打听知道北京城有里里外外三层,分别是皇城、内城和外城。每一层除城墙外就是通向外面的城门,城门有里九外七皇城四之分,也就是说内城有九个城门,外城有七个城门,皇城有四个城门。每个城门都有重兵把守,这样居于最中间的紫禁城就像粽子一样被层层围在当中,只要紫禁城有事,内城的九个城门一关,外城的七个城门一闭,若要逃出京城是好比登天。

吕四娘这一天就来到了北京城,在西便门站住了脚。四娘一打量,西便门并不是很大,有士兵把守。

在离西便门不远的地方有个茶棚子,四娘走了有半天了,还真有点渴,不如先到这里喝个茶顺便打听一下,也好赶路。于是四娘一拐弯走进了茶棚坐了下来,经营茶棚子的是一对老夫妻,四娘来到西便门还没有走到他们的茶棚子的时候,老太太就一直盯着她看。等到四娘走了进来,老太太赶忙把四娘迎到了偏向里侧的位置坐下,倒上了茶水。

四娘品茶的时候,老太太坐到了四娘的对面。四娘一想正好我要打听一下京城里的情况。要开口时，老太太先说话了，但是声音很低："姑娘可是从安徽府来的？"吕四娘一愣，没有说话只是点了点头，就听老太太接着说："姑娘可知道关外的千年老参吗？"吕四娘瞪大了眼睛，心说这件事除了黄山上的一行人知道外没有人知道啊，这个老太太是谁？

吕四娘赶忙问："你是谁，怎么知道这件事？"老太太一听吕四娘这么一说反而笑了，说："可找到了，我们老两口在此等候多时了。您就是吕四娘小姐吧？我们奉白无双白少爷的命令在这里等着吕小姐，已经半个月了。白少爷把小姐的长相大致跟我们说了，所以刚才小姐一来我就猜到了，不过为了谨慎起见我还是问了几个不容易引起别人怀疑的问题。"

吕四娘一听是白无双，喜出望外，就问："老人家，白公子如今身在何处？"老太太说："白公子还有要事，嘱咐我们老两口安置好吕小姐，小姐跟我来。"

老太太把吕四娘让到了一辆早就准备好的马车上，然后马车飞驰而去，走了好一阵子终于停下了。老太太一指前面的一处宅院说："到了，这就是白公子为吕小姐准备好的住处。"

老太太拿出钥匙把门打开，里面是个四合院，小院子打扫得干干净净，这个地方小是小了点，不过倒很清净。老太太说："吕小姐，这间小院是我们家老爷生前买的房产，很多年没人住了，但是应有尽有。少爷说这里清净，还安全，很适合小姐。小姐就在这里休息吧，我每天都会来，有什么需要的尽管说。"

吕四娘心里对白无双万分感激,想想从认识白公子开始麻烦了他多少事,每件事白公子都尽心尽力为自己去做,就连来到北京城,住处都给自己想好了,真是不知如何感激他。

安定门是内城的九门之一,这座四合院在安定门以里,白无双把吕四娘安置在这里还有一个很大的原因就是,它和紫禁城的北门神武门遥相呼应。当然行人要想靠近神武门是相当困难,但在地理位置上这个四合院无疑是离紫禁城最近的。

来北京城的前几天,吕四娘就是逐渐熟悉这里的环境,熟悉每一个城门每一条街道,也前前后后围着皇城绕了好几圈,别说进去了就是靠近一点儿都很难,皇城的守卫相当地严。

到了晚上,四娘换上了夜行衣,用上了棉丝轻功,先转到了神武门,城楼上灯光明亮,把方圆几里的地方照得通明,有只老鼠跑过去都能看得清清楚楚。四娘又沿着城墙转了一圈,发现晚上守城的士兵是白天的一倍。这么一看,紫禁城连根针也插不进去。四娘心就一凉,连皇城都进不去怎么还能杀了雍正。

这一天吕四娘心烦得怎么也睡不着,后来快到四更了,外面的天也亮了,她索性起来,穿好了衣服出了四合院。四娘毫无目的地走着,不知不觉又来到了紫禁城,从神武门又逛到了东华门。

正是九月初,北京还是很热,一大早还算好一些,四更还不到,街上冷清得很,吕四娘远远地看着东华门,心里还在琢磨怎么能进得了紫禁城呢?突然她发现东华门旁边的小门开了,从里面出来了四辆大车。每个大车前面都有个拉车的,后面有两个推车的。车上是同一种规格的大桶。这是什么东西?于是她在后面悄悄地跟着。就见这几辆车从东华门出了东直门,又从东直门出了广宁门。

到了广宁门就到了外城了,走出广宁门不远,前面有个大坑,这几个人依次把桶里的东西倒进大坑。四娘明白了,原来这几个大桶里装的是宫里的粪便、馊水及一些乱七八糟的脏东西。倒完后他们又到附近的一条河里把大桶洗净,然后再运回京城。四娘一连观察了几天,就打定了主意,心说我此次入紫禁城就要靠这几辆大车了。

这一天,这几个人照例又是刷桶,四娘趁他们不注意,一猫腰向下一冲一钻,就把身体贴到了车底,这也就是吕四娘,轻功了得,换了别人哪能在车底待这么长的时间。再者这几辆大车都是长板车,厚板长轴。底下藏个娇小的女孩子还是绰绰有余。大约过了一个时辰,几辆大车又从东华门旁边的小门进去了。进去后几个人把这几辆大车推到了个屋子里,把桶搬下来后,几个人出去了。四娘听他们走远了,就从车底下钻出来。

外面的天早就大亮了,四娘进是进来了,要想有所行动还要等到晚上天黑以后。四娘出来看了看这个屋子,是个放杂货的地方。忽然她听到外面有脚步声,四娘向上一看,有几根房梁。她一纵身跃上了房梁,屏住呼吸向下看。

进来两个人,看穿着打扮是太监的样子,不过是粗使太监,也就是在宫里干粗活的。两个小太监找了个干净的地方坐下,两个人聊起了天。原来两个人是偷懒跑到这里躲清净来了。一个小太监说:"趁李公公不在,可得找个地方歇会儿,今晚有咱们忙的。"另外一个说:"可不是吗,今晚咱们要到储秀宫里帮忙,皇后娘娘今晚寿宴,皇上要亲自去祝寿。"

两个小太监的话给四娘提供了一个重要的信息,今晚是皇宫中的大日子,而且雍正会亲临现场,也许今晚就是杀雍正的好机会。打定了主意,吕四娘就在这间杂货房里一直等到天黑。天黑后四娘上了房,准备找储秀宫。上了房后四娘才知道,紫禁城实在是太大了,光房间就有九千九百九十九间,都灯火通明,哪里去找储秀宫呢?

正在犹豫的时候,四娘远远看到前面有一队人,打着灯笼走着,他们还抬着个人,四娘想他们是不是也要到储秀宫呢?不如跟着他们。

四娘悄悄地跟着他们,他们在下四娘在上,哪里有人会发现她,就看这队人转来转去绕来绕去,果真来到了一处繁华的宫院。这处宫院不停地有人进进出出,有坐凤辇来的,有坐轿来的,也有走着来穿官服的……四娘一看人还真不少,看来这里就是储秀宫了。

趁着天黑吕四娘就躲在了储秀宫庭院对面的较高的屋顶上,为了不被人发现她就藏匿在两个房顶交错时产生的阴影里。过了大概有一个时辰,有人喊了一声"皇上驾到"。四娘远远地就看见一队人打着灯笼走了过来,到了储秀宫,龙辇上下来一人,四娘猜想这人就是雍正了。宫里迎出了一群人纷纷跪倒,不一会儿院子里就摆上了桌椅,雍正和一个打扮华丽的女人坐在中间,紧接着一个个小太监搬出了许多的圆桶状的东西,依次排好。

雍正坐在中间,四娘和雍正中间没有任何东西拦着,此时吕四娘要是发出暗器的话,以她的功夫打中雍正是毫不费事的。四娘伸手从怀中掏出一块飞黄石,可别小看了这块石,凭四娘的内力足可以把雍正的脑袋打碎。她正要把石块打出去,突然鞭炮噼噼啪啪地响起,紧接着嗵嗵嗵几声,焰火满天,相当漂亮,把个天空照得通亮通亮的。下面的雍正和皇后都扬着脖子往天上看,突然雍正定睛一看,前面的房上那不是一个人吗?哎呀,有刺客!若不是储秀宫内放焰火,四娘怎么会被发现?雍正大叫:"有刺客!有刺客!"

这一叫不要紧,紫禁城内的兵全出动了,都往储秀宫来。瞬间七八个大内高手就上了房,吕四娘一看暴露了,就与这七八个大内高手战在一起。这几个人虽都是大内高手,可是与吕四娘比起来还是差了一截,没多一会儿,这七八个人就被吕四娘杀下房顶。

七八个人刚掉下来,就又上来十来个人,几招之内又被吕四娘一一砍下。还没等喘口气,又上来十来个,吕四娘一看怎么这么多人。俗话说双拳难敌四手,好汉打不过一群狼,这十几个人把吕四娘团团围在当中,吕四娘上下挥舞宝剑。可是正在吕四娘大战这十几个人的时候,上面来了几个不明物体,四娘心想不好,这是"血滴子",我要如何分身呢?

　　就在这个万分危急的时刻，一个人飞身过来，从后面杀倒几个高手，一伸手拉住吕四娘飞身向外就跑。这两个人翻墙越脊，奔走如飞。

　　看来这个人十分熟悉紫禁城的布局，他所走之处都是兵丁部署稀少的地方。很快他们就跑到了宫墙边，两个人一纵身跳出了宫墙，一路向城外跑去。也不知道跑了多长时间，天边渐渐发白了，他们跑到了一片柳树林里，慢慢地放缓了脚步，看后面没了追兵，二人躺在树林地上，不停地喘气。

　　休息了好一阵子，吕四娘起身对身边的人说："多亏英雄相救，四娘才捡回一条命……"那个人起来，把脸上的黑纱扯掉，吕四娘一看，乐得眼泪都出来了。四娘大叫一声："白大哥，是你，怎么是你呢？"

　　这人正是白无双。白无双怎么到皇宫了呢？而且恰好不偏不正，正好吕四娘有难的时候白无双杀了出来。原来白无双和吕四娘在黄山分开后，吕四娘去了京城，白无双也去了京城。但是他们的路线不同，任务也不同。正当吕四娘在正严寺中打抱不平的时候，白无双已经到了北京城，所以他事先安排好了自己家里的老家人，就是那对老夫妻在西便门等吕四娘，为她安置好了住所。

　　安排好了一切之后，白无双出了内城按黄慎信中写的地址到了景陵，也就是皇陵来找十四阿哥。按照黄老先生嘱咐的，要找到一个合适的机会偷偷地找到十四阿哥。所以白无双在景陵附近徘徊了好几天，终于找到了一个十四阿哥狩猎的机会，秘密地会见了十四阿哥，把黄慎的信交给了十四阿哥。当知道白无双实际是自己的弟弟的时候,十四阿哥拉着白无双的手亲切无比。白无双备受感动,看着自己的哥哥也是亲切万分。

黄犊信中说,要十四皇子找机会把白无双安排在皇宫中做内应。别看十四阿哥被雍正削掉一切权力,皇宫中还是有几个他安插的亲信,所以他要安排一个人还是相当容易。就这样白无双就以一个小太监的身份进了宫,进了宫白无双可没有消停,他把整个宫内的情形查得一清二楚。

进宫后他也在寻找一个人,就是小惠仙。惠仙当了秀女,可是皇宫这么大,要到哪里去找?白无双费了好大劲,皇宫内他竟然没有找到,最后买通了负责安排秀女的一个管事太监,才知道小惠仙此时被分配到圆明园中当差。

这一天白无双又趁夜出来打探消息,忽听远处有打杀的声音。白无双顺着声音找去,就发现在储秀宫的对面,大内高手正围着个人,再仔细一看那不是四娘吗?白无双这才出手救下吕四娘。

吕四娘见到白无双,心里说不出的高兴。算来他们分开有很长时间了,和白无双认识的这么多年里,他们结下了非常深厚的情谊。如果不是最初吕四娘已经把感情给了沈在宽,也许她和白无双会结成秦晋之好。可是吕四娘确实在心里对白无双有种莫名其妙的依赖,她自己也弄不清楚,总感觉看到了白无双就像看到了希望。

白无双把脸一沉,显出一副非常生气的样子:"四娘,你知不知道你差点命就没了,有多危险。你吓死我了,你要是有个好歹……我的心都碎了。"白无双最后那句话说得非常轻，吕四娘没太听清，就说："你说什么？"白无双突然意识到自己说错了话，把话锋一转："你不知道皇城的情形，千万不要轻易动手，我来皇城就是为了打探里面的情况。对了，惠仙不在宫内，她被分到圆明园了，这几天，我就要趁机去找她，有些细节的东西我们必须要做好计划。四娘，我们一起去吧。"

吕四娘觉得白无双说得很有理，就点头答应了。说了很多话，不知不觉已经接近中午，白无双说："我该回去了，四娘，一会儿我走以后，你过一段时间再走。千万小心，三天后的申时我们在此相会，不见不散，带好夜行衣。回到安定门的四合院后一定要看好周围的情形，耳朵灵一点儿，这几天没事别出去……"吕四娘咯咯咯直笑说："白大哥，我又不是小孩子了，别担心，我会好好照顾自己的，你也是，三天后再见。"

经过昨晚的事，皇宫中的守卫更加森严了，雍正如同惊弓之鸟寸步不离自己的寝宫，大内侍卫一夜之间增加了几倍，再要进宫行刺简直是不可能。吕四娘明显感觉到京城内的空气相当紧张，紫禁城宫墙外巡逻士兵的密度大了，不仅如此，就是在普通的大街上也不时有一队队士兵走过，见到可疑的人必要上前盘查。

三天以后，吕四娘和白无双又在城外见面了。今天他们要去圆明园见惠仙。惠仙以秀女的身份进了宫，惠仙也不懂给管事的太监些好处，其他有心计的给管事些银子，大多数都留在了紫禁城,留在紫禁城和皇上接触的机会就多,那么成为妃子、娘娘的可能性就大得多,她们知道一朝有权力在手就可以呼风唤雨,所以有这样想法的秀女们从进宫的那一天开始就大把大把地使银子,为的也就是多争点好处。

惠仙是少有的几个没有行贿的秀女之一,结果被分到圆明园当差。圆明园是皇家园林,是皇族休闲、观景的场所。一年之中皇上也许会来几次,有时会稍住一小段日子,所以一旦被分到了圆明园当差也就意味着成为皇妃的可能性几乎为零,大多数在这里的秀女都是五年以后被送回原籍或下嫁了。

惠仙到了圆明园,被眼前气派的皇家园林惊呆了。自小生活在关外,她哪里见过这么富贵的园子?惠仙被安排在绮春园,是圆明园三个园子中间的一个。绮春园不是三个园子中最大的一个,要说最气派的还算是小圆明园。小圆明园中,山海纵横,楼馆林立,像福海三岛、杏花春馆、武陵春色都是享誉海内的景观。就只是一个绮春园已经让惠仙惊叹了,像清夏斋、流杯亭、鉴碧亭、浩然亭、四方亭……都让她流连忘返,还有楼楼阁阁真是雕梁画栋无所不有。

惠仙被安排在古香斋当差,平日里工作非常轻闲,这里没有宫廷中的钩心斗角,也没有争宠献媚。据负责这里的老太监讲他在这里十几年了,只见过两个皇帝,一个是圣祖康熙帝,一个是雍正帝。雍正帝在两年前来过,只是赏了赏景罢了,根本就没在这里过夜。所以相对来讲这里的气氛很宽松的,惠仙和其他几个小宫女相处得也十分投缘。小惠仙心中有事,她还记得当初进宫的目的,可是没想到被派到了绮

小惠仙在圆明园

春园,到了这里要如何才能接近皇上呢?见不到皇上又怎么给吕四娘做内应呢?小惠仙忧心忡忡,不知如何是好。况且她来到宫中有大半年了,她担心吕四娘他们根本找不到自己。

这一天,她依旧到古香斋当差。她所谓的当差不过是简简单单地打扫一下卫生,浇浇花除除草。这里长期没有人来卫生保持得很好,多数的时候惠仙是坐在古香斋前面的假山上发呆,或者吹吹笛子。古香斋紧挨着眺远塔,眺远塔是整个圆明园中最高的建筑,在绮春园的东北角上。站在眺远塔上圆明园的山山水水尽收眼底。

已经到了点灯的时候了,惠仙又进了斋里准备把灯油添上,虽然这里长时间不会有皇家的人来,但是照例要做的事不会改,该换灯换灯,该添油添油。外面的天黑了,惠仙进来时屋里已经黑了。她摸索着把油添好,正要点上,就听背后有人说:"惠仙,先不忙点灯。"惠仙吓了一跳,差点喊了出来。不过她就觉着这个声音熟,好像是吕四娘的。她转过身来,借着有限的光,认出来人真的是吕四娘,吕四娘旁边还有一个人正是白无双。

小惠仙一看是他们两个,真的差点没叫出来,这回可是高兴的。原来还担心吕四娘和白无双找不到她,今天一看是多虑了。惠仙偷眼看了白无双一眼,白无双还是那么英俊潇洒、气宇轩昂。离开黄山大半年了,惠仙心里始终还是放不下白无双,她后悔在临走前的那天没有向白无双表明心意。在这里她每天都靠着思念白无双打发空虚无聊的日子,白无双在她心里已经深深地扎下了根。今天又见着白无双了,她不禁心潮澎湃。

圆明园的守卫与紫禁城相比松得多,也有几个护卫,但到了晚上他们的状态就差了。白无双和吕四娘没有费任何劲就进了绮春园,找到了眺远塔下的古香斋。白无双早就打听到了惠仙的具体位置,所以他们才能这么顺利地找到了她。

惠仙说:"白大哥,吕姐姐,我必须把灯点上,这是我们这里的规矩。你们放心,这里的人很少,但是却有巡视的太监。你们在里边先躲好了,待我点好了灯打发了巡视的太监后,我们就上旁边的眺远塔,眺远塔非常安全。除了白天有人打扫外,晚上不会有人进来。只有在皇家有人来的时候,眺远塔上的灯才会被点上。"

按惠仙安排的,他们在半个时辰后上了眺远塔。眺远塔内很宽敞,他们找了个说话方便的地方。惠仙说:"没想到我被安排到这个地方,皇上很少到这里。我们要如何做才能完成大事呢?"

白无双说:"是啊!不过这也好,皇城内守卫实在太严了,要下手是难上加难,圆明园的守卫不严,只要我们安排妥当,管叫他有来无回。今天我和四娘来这里,我们三个一碰头,大事的计划就要开始了,但是只靠我们三人的力量,要完成这件事困难太大,我们还需要朝廷内部人的力量。在我们来京城之前,黄老先生写了封信给十四阿哥。来到这里后,我还亲自见了十四阿哥!"

　　吕四娘和惠仙都"噢"了一声。吕四娘说:"十四阿哥有什么计划吗? 白大哥,我不想卷进他们王子之间夺权的政治斗争中,也不想成为夺权的工具。和了然大师聊天时,了然大师曾告诉我,天道难为,世事变迁非人力所为,我杀雍正是私人之间的恩怨,而且我也答应过黄老先生报了仇后要出家三年赎罪。我们是不是可以不借助十四阿哥的力量?"

　　白无双沉吟了片刻说:"你的意思我明白,但是现在我们必须借助这股力量,至于报了仇之后的事,我们再从长计议。"吕四娘也只能点头,探了一次皇宫,吕四娘发现仅凭自己个人的力量想要杀雍正实在太难,就算个人的能耐再大也只是一股力量。

　　惠仙一直也没说话,她听白无双说得有理,边听边瞅着白无双。虽说是天黑,惠仙还是看得很清楚,她的眼睛就一直没离开过白无双的脸。白无双猛然发现惠仙的眼睛直直地瞅着自己,就问:"惠仙,你在想什么吗?"

　　惠仙一听白无双问她,就觉得脸一阵发热。惠仙说:"噢! 我只是想问问,我能做什么?"白无双说:"问得好,惠仙,你在这盘棋中的作用是最大的,没有你,我们的计划无法进行。只有你才能有机会接近雍正,而丝毫不会引起他的怀疑。""可是我根本也见不到皇上啊!"惠仙说道。

　　白无双说:"这是最有挑战性的一个关键点,也只有借助皇族内部的力量才能行,这个我会找十四王爷仔细研究一下,过几天我还会再来,到时告诉你我们的计划。"

　　白无双和吕四娘准备走了。他们三人依次向塔下走,白无双在最前面,中间是惠仙,后面是四娘。这时天已经完全黑了,没有点灯,眺远塔里的梯子有点陡,惠仙一个没留神脚一滑,差点滚下去,白无双一回身抱住了惠仙。惠仙被白无双一抱,头一晕瘫软了下去,顿时心里一阵温暖,眼泪差点没下来。

白无双以为惠仙身体不舒服,把她扶住了晃了晃说:"惠仙你没事吧?"这一晃,惠仙一下子清醒了,赶紧挣脱了白无双,脸一红低下了头。白无双没有在意,他对惠仙的感情还停留在哥哥对妹妹的情意。不过这一切都没有逃过吕四娘的眼睛,她马上明白了惠仙对白无双的感情。四娘想将来我一定要为惠仙和白无双之间出份力,撮合了他们的姻缘。

白无双和吕四娘离开了圆明园,天色已经晚了,他们必须要翻墙才能回到京城,如今皇城中守卫森严回去恐怕会惹麻烦。白无双说:"四娘,我有个建议。趁今晚我们应该去见一下十四王爷,仔细商量一下今后要如何行事。"四娘点头称是。

一路奔跑,大约近四更的时候他们来到景陵。十四王爷被雍正派到皇陵看守已故老皇帝的陵墓,一直无法离开这里,更不用说回京了。但是十四王爷可没闲着,对于康熙的遗诏十四阿哥一直耿耿于怀,他始终觉着皇帝的位置是他的,是他四哥用不正当的手段夺去了应属于他的位置。

这几年,别看他被安排到景陵,他可没总在这儿待着。那次吕四娘到太平镇被金莲花打伤的时候,十四王爷就在那里,那次十四王爷是要在那一带寻访高人,有朝一日如果他要起事的话,这些人可以帮他。黄犊在暗地里也在帮十四阿哥,而且他还是南方七省的总联络人,所以他总是能在最关键的时候得到最确切的消息。

一听到吕四娘来了,十四王爷慌忙出来迎接吕四娘,在这个时候他最需要吕四娘这样的人才。见到吕四娘,十四王爷竟然向吕四娘深深施了一礼,四娘心里一阵感动。白无双把他们上圆明园和惠仙说的话又给十四王爷说了一遍,十四王爷不住地点头。但是要如何才能让雍正到绮春园去呢?三个人思来想去也没有结果。十四王爷让吕四娘和白无双暂时先住在他那里,这件事再慢慢商量。

这时候日子已经到了农历八月了,四娘突然一下想到临下五台山时独臂神尼说的"'瓜熟蒂落,中秋之候'就是大仇得报之时",难道师父已经一切了然于胸了吗?马上中秋节就到了,是不是真能像师父说的那样,报仇的时候快到了呢?正在胡思乱想之时,白无双来了,对四娘说:"真是天助我也,天助我也,四娘,机会终于来了。"吕四娘一听说机会就要来了,就知道他们一定有办法让雍正到绮春园去了,马上迎了过来。

也许真是老天爷的意思,就在吕四娘他们为了如何让雍正去绮春园而发愁时,宫中的太监传出了个消息,这个太监是雍正的贴身太监。但是雍正根本不知道,他是十四阿哥安插在自己身边的探子。

昨天晚上,雍正睡觉间突然惊醒。他做了个梦,梦见金銮殿的一角突然塌了,支撑这个角的柱子折了。随着这个角的塌陷，整个金銮殿都在晃动，眼看着金銮殿就要化成一片废墟，所有的人都在叫嚷哭喊。正在此时，天边闪现一道金光，一个金甲神人手托宝塔出现在眼前。就见这个神人一挥手，这塔就飞了出来支撑在倒塌的那个角上，一点点慢慢长大长高，直把金銮殿托起来。

雍正猛然醒了，醒来后清清楚楚记得这个梦，雍正不明白这个梦是什么意思。第二天就吩咐身边的太监把宫中解梦的人传来。

忽然从南方传来贵州苗民作乱的折子，乱民已经一连夺下几座城池。一接到消息，雍正也顾不上解梦的事马上召集文武大臣商量对策。利用这个空隙，小太监用飞鸽传书把皇上昨晚做梦的事和今天苗民作乱的事告知十四阿哥，不到半个时辰十四阿哥就回了消息，小太监一看纸条就知道如何去做了，于是把纸条吞进了肚子里。

再说雍正满脸怒气地回到宫中，身边的小太监垂首站立，谁也不敢出一声。大约一个时辰以后，雍正脸色稍稍好看一些，小太监向前走了一步，声音非常低地对雍正说："皇上，可还记得昨天的梦吗？大概是神人想要指示给皇上什么吧！"

雍正一下想起了昨天晚上的梦，于是马上传解梦官进来。不一会儿一个道士模样的人走了进来向皇上施过礼后说："听说皇上昨晚偶得一梦，可否讲给臣听？也让臣来为皇上解一解。"雍正就把昨晚梦中之事讲给了道士听。沉思了片刻，老道又深深施了一礼，对雍正说："此梦是一吉梦啊！

皇上,这个托塔的神人分明就是托塔天王,天王用塔支撑住了我们大清江山,真是江山永固啊。如果今天朝中有什么犯上作乱之事,用不上几天就会烟消云散。"

这番话一说出来正中了雍正的下怀,他心里的怒气顿时就少了一大半。那道人接着说:"皇上,既然神人用塔托住了大清江山,那么我们就应该祭塔。""噢!"雍正说,"可是上哪里找那么大的塔呢?"

"皇上还记得吗?圆明园绮春园内的眺远塔。它可是全北京最高的塔,而且圆明园是皇家园林,又安静还安全,是祭塔拜天最合适的地方,不知皇上意下如何?"雍正听后直点头,心说也好,借此机会还能散散心,于是决定第二天摆驾绮春园。

十四王爷很快得到了雍正移驾圆明园的消息,并且连夜找来白无双和吕四娘。十四阿哥显得很兴奋,他等了十几年的机会终于到了,他为了这一天忍辱负重这么久,就等扬眉吐气的时候,看来这一天近在眼前了。他们要做一个周全的计划,这个计划要滴水不漏。

放下吕四娘他们如何计划不说,先说雍正。雍正登基已经十二个整年头了,这十二年来纷争不断,内忧外患一刻也不曾停过。雍正帝虽残暴但在历史上也是少有的勤奋的皇帝之一,每天忙着处理朝政,用在休闲、用在女人身上的时间相对就少了。今天被这个道士一说,雍正就有了出去散散心的想法,而且已经快到八月十五中秋节了,正好可以在圆明园中过个中秋节,于是就决定八月十三圆明园祭塔。

皇家一行浩浩荡荡,不知多少宫娥彩女侍候在旁边。到了圆明园后,他们分为两队,皇妃、阿哥及一班大臣们去圆明园,雍正和随身太监及大内护卫就到了绮春园,雍正到这里主要是为了祭塔。负责祭塔的官员们准备好了祭祀之物,雍正三拜九叩,焚香沐浴。

傍晚时分一切结束了,本来雍正应该是随同其他人到圆明园,可是不知为什么,雍正发现绮春园里的景色也是相当不错,而且这几天心情烦躁,正想找个机会清净一下。绮春园和圆明园不同,圆明园中透着繁华、富贵,绮春园精美秀气,这种气氛正适合此时雍正的心情,于是雍正决定今晚就留在绮春园。第二天雍正早早就起来了,想静静地在园子里溜达溜达。

这天是八月十四,正是秋高气爽的季节,园内百草枯萎,黄叶翻飞,见此秋景,年已五十八岁的雍正皇帝不由得产生一种迟暮凋年之感。他在长春馆用过午膳,坐上由四个小太监抬的软轿,经过眺远塔边上的古香斋时,忽然听到一阵柔和哀怨的笛声,声声沁入人心。"皇家园林,锦衣玉食,享不尽的荣华富贵,为何还有人如此幽怨?"雍正自言自语道,不由得产生了一探究竟的念头。

第九回

伺机二女瞒天过海
趁黑四娘偷梁换柱

雍正皇帝此时正在绮春园内溜达,他这几天的心情很糟糕。贵州苗民作乱,连续夺了几座城池,当地官员是一点儿办法也没有。那天奏折到了皇宫,雍正召集群臣到金銮殿商议对策,说来议去,居然满朝文武都拿不出个像样的办法来,雍正气得一甩袖子走了。昨天虽说是祭了塔,但眼前的问题还非解决不可,雍正仍是忧心忡忡,又逢上百草凋零的季节,此情此景雍正不免心中凄凉。正叹息的时候,雍正忽然听到一阵凄美的笛子声。

笛子是民族乐器的一种,它发出的悠扬的曲调常常令人心旷神怡。心情不好的人别听笛子,越听越悲凉,听着听着就会同吹笛子的人有同病相怜之感。雍正与其说是被笛声吸引了,不如说雍正是被笛声中透出的哀怨吸引了。

雍正绕过楼馆,遥见池塘对面的假山旁,一个年轻宫女正持笛吹得入神。雍正让抬轿的太监退下去,悄悄走过去,在吹笛宫女背后停住,轻轻咳了一声。宫女回头一看,竟是皇上驾到,一时心中无备,吓得竹笛脱手,连忙跪下见驾。雍正帝看着小宫女没出声,那宫女还以为皇上动了怒,直吓得眼泪像断了线的珍珠,滚落在粉妆玉琢的面颊上。雍正见状不禁大动怜香惜玉之心,柔声命她不必惊慌,并问她的姓名和旗籍。小宫女半天才回过神来,莺声怯怯地回答皇上,原来她是新近入宫的秀女,名叫惠仙,被派在古香斋执役。

她和雍正见面的这个情景,小惠仙演练了好多次。雍正以为只是一场偶遇,哪知道这是一个策划周全的圈套。

上一回咱们说到,十四王爷收到太监的鸽子,纸条上写着雍正晚上的怪梦,于是十四王爷灵机一动,想出了一个万全之策。他们正愁着没办法让雍正去绮春园,这不机会就来了。十四王爷马上给太监放回了鸽子,指示他无论如何买通解梦官,依托这个梦把雍正骗到绮春园。

第二步,他把吕四娘和白无双叫到跟前,指示他们如何去做。他告诉吕四娘,惠仙该出场了,以他对雍正的了解,雍正并不是好色之徒,况且后宫里妃子众多,有一个算一个都是非常漂亮娇媚可人的,雍正不缺美女。而且一般的庸脂俗粉未必会打动雍正,这就需要惠仙有特别吸引人的地方,既不同于王宫贵妃,也不同于庸脂俗粉。那要怎么做才能让惠仙吸引住雍正呢?

白无双突然想起了自己母亲的遭遇,何不也效仿一下母亲的经历,也用哀伤的曲调把雍正吸引过来?可是这个度一定要恰到好处,关于其中的细节问题他们商量了很长时间,就连惠仙用什么样的眼神,什么时候流下眼泪,见了皇帝之后的面部表情等等都做了详细周全的安排。当晚吕四娘和白无双就又来到了圆明园,把他们的计划和惠仙一说,惠仙有些担心,她怕自己无法应付。

为了使惠仙对每个环节都熟悉,在吕四娘的提议下,白无双扮作雍正,他们就实地演习了两次。惠仙演得非常投入,她有时恍恍惚惚地就觉得眼前的白无双不是什么雍正,就是白无双,甚至她感觉如果她和白无双就这么演下去该多好,虽然只是在演戏,她却可以不时地看到白无双的脸,接触到他的身体,握住他的手。戏总有演完的时候,四娘和白无双发现惠仙真是很聪明,从头到尾的每个细节都细心领会到了。

时间有限,他们不便于在这里长待,就起身和惠仙告辞。到了墙边的时候,惠仙悄悄看了四娘一眼,四娘马上就明白了,于是先走了一步。惠仙忽然一拉白无双的袖子,白无双一愣停下了。惠仙脸有点红,不过因为是黑天,白无双没有看得出来,惠仙说:"白大哥,如果明天被皇上发现了破绽,我被皇上抓了、杀了,白大哥会伤心吗?"

白无双想也没想就回答说:"当然,你不要这么想,我们一定会成功的。我当然会为你担心,因为你是我妹妹嘛!临出来前母亲一再叮嘱我,要保证你的安全。"

听白无双这么一说,惠仙眼泪差点没下来。她一转脸强忍着泪水,她明白至今为止白无双无非是把她当妹妹,看来是自己多情了。既然事已至此现在唯一能做的就是帮吕姐姐把仇报了,到时这园中的正觉寺就是自己的安身之地。惠仙已经打定了主意要终身礼佛。这几个月来她没有事的话就到寺中帮忙,她觉得和佛家很有缘,进了寺中就觉得身轻体健，一切烦恼和忧虑都没了。

白无双跳出了墙和吕四娘会合，吕四娘对白无双说："白大哥，惠仙有心事，你不知道吗？"

白无双一脸茫然。吕四娘接着说："惠仙是个不错的孩子，只是你一直没有仔细看过她，包括她的心。惠仙喜欢你难道你没看出来吗？女孩子家的心事我一看就知道，白大哥你何不珍惜眼前人？等大仇报了之后成家立业，安稳过日子吧！"

白无双听吕四娘这么一说，有点吃惊。他从没有认为惠仙喜欢自己，更没想过除了把惠仙当成妹妹看还能当成什么。听四娘这么说，他还真不知道怎么办，心里还有几分放不下四娘，他也知道这只不过是一种奢望。大敌当前，白无双哪有心思考虑这么多，推说此事以后再说吧。四娘心情也是非常烦乱，只是看刚才惠仙的表情，她不想因为自己家的事情而使白无双错过一段姻缘。既然白无双表示此事以后再说，四娘也就不再提了。他们一路聊着向十四王爷处去。

正走着走着，突然前面有个黑影一晃。四娘和白无双马上警觉起来，加紧脚步随后跟了过去。前面那人一身夜行衣，轻功是相当了得，他左拐右拐就出了内城，绕了大半圈在一个破败的土地庙前停下了。四娘他们也跟了上来，前面这个人身材高大，虽然头脸都用黑巾蒙着，还是能从他的眼神中觉出那么股子威严之气。

就听黑衣人说："无双！"白无双一听这个声音太熟了，他马上反应过来，双膝跪倒喊了声："师父，您老人家怎么来了?"果不其然这个黑衣人正是紫面昆仑侠童林童海川。

童林把无双扶起来,对着他们两个说:"跟我进来。"他们跟着童林进了土地庙。童林对里面说了一声:"大师,我们回来了。"里面颂了声佛号:"阿弥陀佛!"从土地公的身后走出个大和尚,白无双一看这不是了然大师吗?他们二人又匆忙跪倒在地,了然示意他们起来。了然说:"看来你们二位的报仇计划进行得差不多了,不过仇虽然可报,杀身之祸不远了!"

白无双和吕四娘不明白什么意思,互相看了一下对方。二人又重新跪下,白无双说:"我们已经成功地将雍正引到了绮春园,就等着下手了,大师刚才的意思我们二人不明白,还是请大师告知弟子,或者我们的计划难道有什么疏漏之处吗?"

大和尚呵呵一笑说:"让老衲猜一下你们的计划如何?你们只等明晚惠仙用美人之计诱骗了雍正,待周边无人之时你们二人杀进去,一剑刺死雍正,然后圆明园火起示意十四王爷,十四王爷那边就带着人马直接杀进紫禁城夺取皇权,是也不是?"

白无双一惊说:"是啊!昨天我们是这么计划的,大师真是神人,竟然能对我们的计划了如指掌。只要十四阿哥当了皇帝,我们三人,包括我们的全家就都安全了,否则雍正的头没了官府一定要追查,到那时我们要跑到哪里去呢?"

了然和尚说:"没错,你们的计划确实天衣无缝,可是事情也许未必像你们二人想的那样。天意难违,又何必逆天而行。你们二人可知道雍正初年'毒酒害群侠'的故事?"

吕四娘一听心里就是一凉,这件事她当初听黄犊说过。当年一群江湖豪侠追随四阿哥,为雍正能成为皇上立下汗马功劳。可是事成之后雍正翻脸不认人,用毒酒害死了九十多位大侠。童义士是死里逃生,如今才能活在人世。难道十四阿哥也会下如此的毒手?

白无双说:"我相信十四哥不会像今天的雍正一样,毕竟我还是他的弟弟,他总要念手足之情吧!不是天下所有人都会像雍正那样。"

就听童林说:"无双,当年的雍亲王是何等的礼贤下士,后来他杀我们就是因为我们知道的事太多了,特别是他如何当上皇帝的事。你看后来的年将军、隆科多哪个不是如此的下场?那天你们计划好之后你和四娘就先走了,到圆明园去找惠仙。你们走了他们的计划还在继续进行,此时为师正在房顶把他们的谈话听得一清二楚。"

"噢?"白无双瞪大眼睛看着童林。"他们看你们走了就开始计划第三步,就是见到火起后如何进入皇城,因为雍正不在宫中,所以宫中的守卫自然不会太严,这是一个千载难寻的机会。几年来十四王爷在全国网罗了高手数百人,这些人现在都在他的密室里,况且过去他曾做过抚远大将军,还有一部分旧部在京中,这些人也正等着命令,到时就一拥而出。他们做了详细的计划后,就听一个谋臣说,事情成功后要如何发落你们两个。真能留着你们远走江湖吗?毕竟你们知道的太多了。十四王爷说,无双是他的弟弟不忍心杀了,不过众人却说你不在册,现在也只不过是个平民而已,而且成大事之人不能有太多的儿女私情。雍正帝又何曾顾及过兄弟之情,一母所生的况且如此,异母所生还有什么不忍的?"

说到这里白无双的眼圈红了,他没想到十四阿哥也会这么狠心。这么多年来白无双一直想寻找亲情,当他知道他有这么多的兄弟却不能亲近时是多么的难过。见到十四哥后白无双非常地尊敬他,更想一生就在他身边保护他。可是没想到十四哥也可以为了权力置手足之情于不顾,白无双的心情怎么能好呢?

了然说:"事情到了这个地步,已如箭在弦上不得不发,不过我们还可以有一个计划做到平息一切争端。四娘啊,如今你也看到了,大清江山逐渐稳定了,老百姓刚刚过上太平的日子,一旦宫变各方势力就会有动静,到时受苦的还不是老百姓吗?我们何必因为一己的私愤,又使百姓过上动荡的日子呢?所以老衲有一万全之策不知二位可听否?"

无双和四娘二人点头说:"全凭老师父做主!"

了然便把他的想法说了,众人一听果然是个好办法。无双和四娘心中有数,又问二位老侠客到何处去。了然说他们还有一件重要的事,到了该出现的时候自然会出现,还嘱咐二人一定要小心。

目送着童林和了然离去,白无双和四娘相对无语,他们一下子还没有缓过神来,他们没有想到四娘的复仇会牵扯到这么多的力量,若不是了然大师及时出现也许会铸下大错。

他们意识到人世间最可怕的不是这些侠客们你恩我怨的仇杀，而是权力背后闪现出的阴险人性。

第二天，小惠仙按照他们事先安排好的计划，真的把雍正吸引了过来。见惠仙满脸泪痕楚楚可怜，雍正更是动了怜香惜玉之情，打发了左右的太监，雍正和惠仙坐在了一起。秋天的阳光在正午的时候很毒，但过了正午就温和了许多，照在人身上暖洋洋的。说也奇怪，雍正从没有像今天这样与一个侍女挨得这么近，刚才听了惠仙的笛声就觉得这个女孩的心里一定有着难以述说的哀愁，雍正瞬间有了同病相怜的感觉，想起自己这几年忧心国事家事，也做了太多有亏良心的事。看看眼前的惠仙，他突然产生了很想和她聊聊天的冲动，也想像一个普通人一样聊聊家长里短，也想像民间的男子一样纵情欢笑，可是这一切他是那么的陌生。

今天他们一起坐在假山上，看着眼前池塘中泛着光泽的湖水，有一种恍如隔世的感觉。他问惠仙："今年多大了？"惠仙说："回皇上，奴婢十七了。"雍正叹息了一声说："多么好的年龄，十七岁，当年我还是个小伙子，喜欢骑马打猎，先皇还赐了把弓。四十年过去了，四十年太快了，朕也是个老头子了！"

惠仙忙说："皇上一点儿也不老，皇上看上去没比惠仙大多少……"惠仙心有点乱，她没想到皇上会说这些，昨天晚上他们也没练习这些。不过雍正听着惠仙说这些稚嫩的话，反倒很开心。平常那些人说的都是太客套的话了，好久没有听到像惠仙这样淡然的百姓之言了。雍正呵呵呵地笑了，惠仙吓得不敢抬头。

雍正又问："你刚才吹的笛子，是谁给你的，又是谁教你吹的？吹得很好听，就是里面好像有什么心事似的。"惠仙心说没想到这个皇帝还懂音律，回答道："这是奴婢的娘亲给的，也是奴婢的娘亲教奴婢吹的，刚才无事我又想起了我娘亲，来宫里有大半年了，有点想家了。"这些都是白无双他们教的，惠仙表现得相当不错。

雍正一愣，嘴里念叨着："真是个孝顺的孩子，你娘有这么个孝顺的孩子应该心满意足了。"他又想到自己的母亲，无论他当皇帝还是十四弟当皇帝，母亲都是皇太后，可是雍正不知道为什么母亲不喜欢他，相反却极力在老皇上面前保荐十四弟，这使得他一直对母亲心生怨恨，皇太后生前他也没有尽到孝心。想到这里雍正很难过，他真的很羡慕惠仙，联想到惠仙依在母亲怀里，母亲教她吹笛子的情景，鼻子就有点酸。皇家有什么好，连母子之情都披着权力的外衣。

雍正说："能再给我吹一段吗？我很想听。"惠仙就又吹了一曲。雍正在哀怨的笛声中心驰神往，他也不知道为什么一下子对皇家生活产生了厌倦，对自己以往做的事产生了悲哀之情。不知不觉中天色已到了傍晚，小太监们来请皇上用膳，雍正这才依依不舍地离开。

惠仙跪在地上送走皇上，起来后惠仙心想：这就是皇上？她心里莫名其妙地对这个皇上有种特殊的感觉，通过这一个下午的接触，惠仙总觉得这样一个能听自己吹笛子、聊母亲的人怎么会是个坏人，白大哥和昌姐姐为什么会对他恨之入

雍正听惠仙吹笛

骨呢？

按计划雍正八月十四的下午应该回到圆明园中，不过见了惠仙之后，他感觉到一种难有的清静的心情，坐在惠仙身边时他是那么宁静，于是他没有走，这一晚他决定留在春仙馆中。这天夜里，皓月当空，夜风清爽，他再次来到了白天惠仙吹笛子的地方，或许是还想听听那悠扬的笛声，或许还想见一见小惠仙。可是此时天色已晚，园中静悄悄的没有一点儿声息。一阵凉风吹来，他不禁打了个冷战。旁边的小太监忙给雍正披上斗篷，劝说皇上天凉了早点回屋吧，小心着了凉。

雍正走了一会儿，也觉着没什么意思就转身回了春仙馆。洗漱完毕他上了龙床，却在锦榻上辗转反侧，难以成眠。白天见过的那个吹笛秀女，怯生生，娇滴滴，别有一番韵味，她的影子总在雍正眼前挥之不去，她不是叫惠仙吗？召来做春仙馆的女主人不正合适吗？于是，雍正命小太监前往古香斋宣召。

这种事小太监已经是见怪不怪了，有很多的秀女都是因为在偶然之时与皇上有了一面之缘，被召来侍寝，之后选上妃子，成为贵人的多得是。今天管事的太监见皇上留在了春仙馆就已经明白了一二，果然当晚皇上就召惠仙来侍寝。

几个小太监一路小跑来到了古香斋，在门口高声呼叫"圣旨到"。此时的古香斋内不是一个人而是三个人，白无双、吕四娘都在，房中没有灯，给人的感觉是惠仙已经睡下了。

八月十四这天夜里,月色皎洁如银,一般的武林人士夜出行动都讲究一个"晦出月不出",月黑风高便于隐匿行迹,而月明之夜就没有那么方便。可是今天情况特殊,一来时机已到,杀雍正就在今晚;二来计划有变,他们必须及时通知惠仙。

小太监宣旨的时候,吕四娘刚把新的计划跟惠仙说完,猛地听外面有人喊"圣旨到",把惠仙吓得差点跳了起来。吕四娘一把按住了她,示意她要冷静,一切按计划来必然万无一失。惠仙冷静了一会儿,把灯点上,白无双和吕四娘早就藏了起来。

惠仙出门接了旨回来,按宫里的规矩被召侍寝的秀女、妃子需沐浴熏香更衣,由大红斗篷裹着,几个小太监扛着进入皇上的寝宫。在乾隆之前的清朝历代,女子们是穿着一层单衣的,但是到了乾隆时就改成女子裸着,然后裹着红斗篷由小太监们扛着再进寝宫。惠仙梳洗已毕走出门来,这些小太监们都认得惠仙,只是简单地在惠仙身上划拉了一下看看有没有可以行凶的东西,确保了安全,惠仙就被裹上了。小太监们扛起她就往春仙馆去。

惠仙走后,白无双和吕四娘看周围没人,也走了出来,一飞身上了树,暗暗地跟着这些人。在高处一看只见园内树木森森,池塘泛着冷冷的波光,远处的一所楼馆内灯火辉煌,人影来往如穿梭,不用说那就是春仙馆了,皇帝就住在那里,而且可以看见外面有大内高手密密地围守了几圈。白无双和吕四娘仗着艺高人胆大,施展轻功紧紧追随着他们,等待一个绝好的地点,忽然四娘发现前面有一片桂花丛,一条小路由桂花丛中穿过,真是神人相助。

吕四娘躲在一丛桂花树中,待小太监们急步跑近,她斜刺里伸出一脚,把一个小太监猛地绊倒,斗篷里的惠仙也被摔在一旁,惠仙借机向旁边一滚,红斗篷就开了。还没等小太监们明白是怎么回事,吕四娘借着树影的遮掩,飞快地扯下斗篷往自己身上一裹,装着"哎哟、哎哟"地叫。小太监们这才爬了起来,嘴里嘟囔着,又把地上的斗篷卷好往肩上一扛,他们万万没料到,这一瞬间,斗篷里已演了一出调包计。

小太监们互相埋怨着,边扛着斗篷边正正自己的帽子。一个说你怎么走的,前面有石头没看见啊?另一个说怎么是我,明明是你倒了,我才跟着倒的。他们二位在那里计较,四娘在里面偷笑。小太监们一面走还一面央求背上的"惠仙秀女"千万别在万岁爷面前提起被摔一事。

白无双看见吕四娘已经成功地调了包,拉起已经躺在桂花丛一旁的惠仙,他要趁机会把惠仙从圆明园送出去,然后返回来再和吕四娘会合。白无双早就在绮春园的宫墙外安置了一辆马车,如果是他一个人的话好说,运用轻功就可以飞过城墙,但是惠仙并不会轻功,要带着她弄不好会被来往的兵士发现,如果要被发现就会前功尽弃,所以他们必须选择另外的办法。

白无双已经穿上了太监的衣服,他把身上带着的另一套太监服穿在了惠仙身上。稳妥之后他们从桂花丛中走出,一路上低着头,往眺远塔方向走去。眺远塔就在绮春园的角上,那辆马车就在眺远塔外的墙边上。他们一路匆匆往古香斋方向走。

正走着白无双就觉得后面有人跟着他们,有意地疾走几步,那人也跟着疾走,白无双就意识到此人来者不善。突然白无双拉住惠仙的手就往眺远塔后面跑,刚刚要往后面去,一把宝剑架在了白无双的脖子上。白无双向后退了几步,拿宝剑的人跟着往前走了几步。后面跟着他们的人也上来了,和拿宝剑的人站在了一排。白无双一看这两个人,通身上下都是黑色,头和脸都蒙着黑布。

白无双说:"二位是不是认错人了?我和这个小弟只是小太监,受命到此处打扫,我根本不认识你们。"

拿宝剑的人"哼"了一下,说:"白无双,你不认得我不要紧,我认得你就行。"白无双一见对方已经认出了自己,就明白了这两个人是冲着自己来的,再想推托也是无济于事,便把胸膛挺了一挺,说:"不错,我就是白无双,可是我不知道何时何地得罪了二位英雄。不过今天不是时候,白某有要事在身,如果真有得罪的地方,改日无双一定登门谢罪。"

"呵呵呵……"拿宝剑的人笑道,"我和你之间往日无冤近日无仇,不过你得罪的是另外一个人,十四王爷!王爷果然没有猜错,你和吕四娘一定不会那么听话。王爷有令,希望白公子和这位小姐和我们走一趟,等到吕四娘杀了雍正,十四阿哥成了皇上再和你们算账。"

白无双听了一惊,原来真的是十四阿哥。他下意识地再一次握紧了惠仙的手,惠仙也向着白无双这边靠了又靠。凭白无双的功夫要对付这两个人绝对是没问题的,可是他没有动,因为他知道万一动起了手,就会引来更多的人,那样四娘刺杀雍正的事就可能全完了,他宁可自己被他们拿住也不想破坏这次暗杀行动。

当这两个人用手一指外面示意他们走时,白无双一点也没有迟疑就跟他们去了。他的手里还握着另一个人的手,宛如这个人的生命就在他手中一样。白无双轻轻在惠仙耳边说:"相信我,跟我走,我会再救你一次。"就是不说这句话惠仙也会和白无双走,就在白无双握紧自己的手,一刻也没有松开时,她就已经认定这一辈子都要跟着白无双走。

听白无双这么一说,惠仙一点头眼里充满了泪水。天空中的月亮映在了惠仙两汪晶莹的眼泪中,白无双的心就像被什么刺了一下,他告诉自己就是豁出命也要把惠仙带到安全的地方。

他们跟着那两个人跳出了城墙,还是那辆马车在等着他们,不同的是,车帘一挑里边出来一个人。这个人曾经跟随着十四王爷走南闯北,功夫相当了得。当年曾经在吕四娘和金莲花的一战中,出手帮助过吕四娘。这个大汉白无双也认得,他叫荣北,是十四王爷身边最信任的人。今天十四王爷把他派出来了,可见这件事在十四阿哥心中是多么重要。

荣北不太爱说话,用手示意白无双坐到车里,白无双拉着惠仙走进车里,他让惠仙坐在里边紧挨着自己,然后向荣北一拱手道:"荣大侠,我们这是要去哪儿?"荣北说:"不忙,我们还得要等一个人。"

白无双问："是谁？"

荣北回答："吕四娘，等她来了，我就要送你们上路，去哪儿到时你就知道了。"白无双倒吸了口冷气，心想我们认为计划很周密，还是被人察觉了，十四阿哥早就对我们有防备。了然大师说得太对了，如果不是大师及时提醒，看来我们连死都不知道为什么。

白无双惦记起了还在里面的吕四娘，也不知道雍正她杀了没有，他在心里祈祷着：不管结果如何，四娘你都不要到这里来啊！正想着就听到"嗖"的一声，有一个人跳出了城墙。

第十回

风尘女挥剑斩仇敌
幻影侠扬鞭隐江湖

白无双等人就听到"嗖"的一声，有一个人跳了出来，这个人兴冲冲地就奔马车来了。就在这个人马上来到车边的时候，荣北一把按住了惠仙的咽喉，白无双明白这是让他不要出声，可是左等右等也不见有人来掀车帘。

荣北不明白是怎么一回事，可是白无双知道，他们在最初计划的时候已经想到了这一点。白无双说等四娘和惠仙调包之后，他先把惠仙送出来到马车上，如果有时间的话他就回去迎四娘，不过四娘拒绝了，她担心惠仙一个人在外边出事。他们约定如果一切顺利，白无双和惠仙安全到了车上的话，他们就把车帘放下一半，如果有意外的话车帘就是全放下的。荣北哪里知道他们的暗号，进到车里后车帘自然是全放下的。

那么跳出来的那个人真的是吕四娘吗？没错，正是吕四娘，而且她手中还拎着个包袱，包袱里还不断往外渗着血，吕四娘已经把雍正的人头摘了下来。

她和惠仙在桂花丛里调了包，两个小太监慌慌忙忙地起来扛起了斗篷卷。他们还以为这里边裹的是惠仙呢！两个小太监连跑带颠地来到了春仙馆,把红斗篷放在了龙床上然后退了出去。

雍正已经沐浴归来,看见红斗篷在床上呢,就知道白天见到的小秀女来了。雍正没有急于去打开斗篷,而是走到桌旁,倒了杯酒一仰脖喝了然后说:"惠仙,你也许没想到朕今晚会召见你吧?这次和朕来到圆明园的宫娥彩女数百计,可是朕不喜欢她们。朕好久都没有过那种亲切的感觉了,也许年纪大了,朕越来越觉着累。朕很羡慕你,你有娘疼你,你有家可以想。朕没有,朕的娘从来没疼过我,朕的兄弟时时都想害我,朕的臣民总要反我。"

吕四娘在红斗篷里听着,心想都是因为你太残暴,否则怎么会有这么多人恨你。雍正接着说:"朕确实做过亏良心的事,可是我也不想,我是没办法,我不杀他们,他们就要杀我,唉!不说了,说了你也不懂。惠仙啊,只要你对我忠心,我一定不会亏待你,你想你娘,我可以命人把你娘接来常陪你。我喜欢听你吹笛子,你要常吹给我听,好吗?"

说着雍正就走到了床边,慢慢打开了红斗篷,他看见吕四娘的瞬间,一把剑的剑尖就已经点到了他的咽喉上。雍正没敢动,吕四娘怒视着雍正说:"今天你才想起来忏悔太晚了,你得问问死在你刀下的那些冤魂答不答应。告诉你,我就是江南名士吕留良的亲孙女吕四娘,今天我要为我们吕家一门冤魂报仇!"说着向前一刺,雍正本能地想往旁边躲,可是他哪里快得过四娘的冰霜剑,就听"扑通"一声雍正的尸体倒在了地上。吕四娘上前一步用剑割下了雍正的脑袋,包在了一个黑包袱里,然后把灯熄了。当她按计划从宫墙上跳出时,发现车的帘子全挡着,马上意识到白无双他们可能出事了,于是她没过去掀车帘,而是远远地瞧着马车。

听了好长时间,一直没动静,荣北就示意他旁边的随从出去看看,刚才拿宝剑逼白无双的那个人从车上下来了,左看看右看看,没人。荣北的功夫可不白给,他明明听到刚刚有人过来了,这么一会儿就没人了,心说肯定他们的事情被人发现了,也许吕四娘早就出来了,如果我们再不走的话,凶多吉少啊!于是荣北下令马上回去,这辆马车疾驰而去。吕四娘正看着马车,一看马车跑了就料定白无双他们肯定就在马车上。吕四娘顾及车上的惠仙不会武功,怕自己莽撞行事再伤着她,就只好一路跟着,看看到底是谁劫走了他们。

左拐右拐车子最后竟在紫禁城前边不远的一处民房前停下了,荣北一只手搭着惠仙的肩膀走进了民房,白无双被捆着跟在了后面,吕四娘远远地看着。

他们进去之后,门被紧紧地关上了,她上了屋脊趴在上面耳朵贴在了瓦片上,听里面的动静。

白无双说:"十四哥,我们可是亲兄弟,难道你真的不念手足之情吗?"

十四阿哥说:"无双,你不是也没按我们的计划行事吗?你是我的兄弟,你还是背叛了我。"

白无双说:"十四哥,你怎么知道我背叛了你?我倒觉着你早就派好了人跟着我,不是吗?如果我依然按我们最初的计划进行,那结果会怎样?还不是会像今天一样被你请到

十四王爷擒住白无双

这里。"

十四王爷被白无双问得一句话也说不出了。"我所以这么做,只是为了报吕四娘和雍正的私仇。我和吕四娘不想参与到你们的夺权斗争中。"白无双接着说,"本来我和四娘准备好了马车就是要在事成之后马上离开京城,永远都不会再回来。对于我来说无论是十四哥当皇帝还是四哥当皇帝都是一样的。我们报的是私仇,难道最后我们求一个退隐江湖都不成吗?"

十四阿哥冷笑了一声说:"白无双,看来你想得太简单了,自古就有'狡兔死,走狗烹'的先例,除非你永远在我身边听我任用。你是个人才,我也不忍心杀了你。"白无双也冷笑一声说:"给你做走狗吗?继续做有违良心的事,我不干!"吕四娘听到这里,想起了然大师的话,事情果然被了然猜中了。眼下她要如何把白无双和惠仙救出来然后安全地离开京城呢?

正在此时十四阿哥说:"房上的朋友,既然来了何必躲躲藏藏?下来吧!"吕四娘眉头一皱,看来他早就知道我来了,那还躲什么啊!于是一飘身落到了地上,刚一着地旁边哗啦啦围过来好几十号。这个民房在外观上看同普通老百姓的房子没有任何区别,可是里面却是相当地大,是将好几间院子打通形成的这么个大院套,围过这好几十人也没有显得拥挤,吕四娘站在中间一手执宝剑一手拎着那个还在滴血的包袱。

十四王爷不慌不忙地走了过来,看着吕四娘,特别地看了看四娘手中的包袱,哈哈一阵大笑,他知道吕四娘肯定是得手了,这么多年来心里压抑着的怨恨终于可以释放出来了。他一拱手说:"吕姑娘,十四真的要恭喜你了,大仇得报,哈哈哈!"吕四娘冷冷地说:"也应该恭喜你啊,终于拔了眼中钉,这一天你等了十几年了吧!"

"吕姑娘,你若愿意就跟着我一起干,我保你荣华富贵终生享用不尽。今天晚上,不,马上! 我就要杀进皇宫,只要你同意,白无双还有惠仙我马上就放了。"

"恐怕你今晚特别需要给你卖命的人吧! 白大哥是你的亲弟弟,你都可以下此毒手,何况我一个外人,想让我给你卖命,你休想!"

十四王爷一阵冷笑:"那就对不起了,吕姑娘,我这里来了容易,想走? 你等着吧!"说着,就听轰隆一声响,四娘脚下的地竟然塌了下去,瞬间吕四娘整个人就掉了进去。掉下去后吕四娘接触到一个由铁板铺成的斜坡的滑道,身子立刻滑了下去。

外面的地面马上又恢复了原样,十四王爷走回了屋里。白无双刚刚还听着吕四娘和十四王爷对话,怎么一转眼吕四娘人没了。"哎呀! 十四王爷太深不可测了,这间房机关重重,四娘眼下是不是还活着还在两可之间啊!"白无双急出了一脑门子汗。十四王爷吩咐左右把他们两个关起来,时间不早了,是该行动了。

圆明园那边还没有传出消息,说明雍正的死还没有其他人知道,他要利用这个时机,占据皇城,先夺了权。等到明早有人发现雍正死了,他这边已经准备完了。对紫禁城十四阿哥相当熟悉,在事前他就画出了详细的地形图,并部署好每个人的任务。紫禁城中的侍卫分成几大班,每个大班都有一个负责人。十四王爷分出了十几个人分别行动,抓住这些个头儿。

他又派出一路人马直奔城楼站岗的卫兵,正是夜深人静的时候,只要卫兵不发出信号,大内高手和城中的士兵就不会行动。然后就是对付巡逻兵,巡逻兵通常是每组二十人,路线都是有规定的,每组巡逻兵什么时辰巡到哪里,宫中是有严格限制的,所以只要在每个关键的地方布置人力,这些人要会使暗器,而且要以飞镖和绣针为主,每组有三个人,负责一组巡逻兵二十个人。这些暗器都要万无一失地打中士兵的咽喉,让他们发不出一点儿声音直接毙命。

其他大部分人埋伏在寝宫、金銮殿、御书房等重要位置,只等总攻的号令一响就一齐动手。十四王爷还在城外埋伏了军队一万人,就看空中的号令一响,他们就冲进北京城,直奔皇宫。

万事都已俱备,十四王爷信心十足地带着他的先头部队从地道进入了紫禁城。挖这条地道他们用了十几年的时间,不敢大兴土木,就只能一天一小车土地往外拉,平常这个院子里住着一对老夫妻,也是为了掩人耳目,这对老夫妻也有小生意,和旁边的邻居相处得十分和睦,总之一切根本就让人无法想象,这个院子能和宫变联系在一起。地道的出口在御花园的一个假山里。十四王爷为了这一天实在是用心良苦。

这些人顺着地道一个接一个地毫无声息地钻了出来,十四阿哥最后一个出来,他看外面没有任何动静,示意大家分头行动,其他每个人领命按先头布置好的计划行动。十四王爷带着一小部分人直奔金銮殿方向走。他走着走着就觉得今天的皇宫不知道为什么这么安静,可能是雍正帝到了圆明园,宫中大部分侍卫都跟去了。他越走越奇怪,这么大个皇宫,今天怎么连个往来的人都没有呢?这是不可能的啊,说话间他们来到了金銮殿,平时金銮殿是有人把守的,今天怎么一个士兵也没有呢?

有几个人跑来,告诉他城楼上没人,接着又有几个人跑过来向他汇报屋里没人,没一会儿有十几个人回来说他们埋伏在路口没有看到一队巡逻的士兵。

哎呀!十四王爷大吃一惊,脑门子上汗出来了。他马上意识到不好,这件事败露了。果然,一声炮响,在寂静的黑夜里尤其地刺耳。瞬间金銮殿的前方、上面、后面黑压压地围过来一群人,个个手里拿着火把,把整个紫禁城照得像白天一样。迎面走过来几个人,为首的正是宝亲王弘历。

弘历向十四王爷深深鞠了一躬叫了声:"十四叔,你这又是何苦呢?你知道不知道你这是死罪!"十四王爷仰望苍天叹道:"天啊!你还是不容我,我等了十几年了,你还是要亡我啊!"说罢泣不成声。

弘历命人将十四王爷等人带出去,暂时收在狱中,等雍正回来发落。这个时候弘历还不知道,雍正早就死在了吕四娘手中。

弘历身边站着一个人,正是童林童海川。那么童林已经是出家人了,怎么又和弘历站在一起了呢?此事说来话长,那天白无双和吕四娘在路上遇到了童林和了然大师。一切安排好了之后，童林说他们还有要事去办，就是这件事。他们猜到十四王爷一知道雍正死了必然会发动政变，如果宫廷中没有准备的话，十四王爷就可能成功。接着各方面势力就会乱，地方武装趁机也会大兴干戈，老百姓少不了又要受苦。

童林和弘历本来就有很深的渊源，雍正还没当皇帝的时候，弘历就听说父王身边有个武师，为人忠厚老实，武功出神入化。弘历就想结识童林，恰好还真有一个机会，一早童林在花园练功时，弘历也去花园练功。二人偶遇，可是童林并不知道他就是宝亲王，二人相互切磋非常默契。一来二去两个人就成了朋友，童林是忠义之人又喜欢交朋友，每天早晨他们就约在花园中练习功夫，弘历和童林学了不少功夫。

打剑山蓬莱岛时弘历也偷偷跟了去，弘历不甘心只在擂台下看着，也想上去打两下，于是就上了擂台。可是他上了擂台哪是人家的对手，碰上一个高手，弘历差点没死了，童林出手相救才保住了弘历的命。回到雍亲王府，雍亲王设宴把弘历叫出来和童林相见，童林才知道他就是宝亲王，是雍王爷最得意的一个儿子。

后来雍正当了皇帝，怕这些侠客们知道的事太多，很多丑事再败露出去，就和隆科多在书房中商量，如何对付这些侠客，正巧弘历从书房旁边经过，把父亲的计划听得清清楚楚。回到自己的府上，弘历思来想去，他不想让童林死，这么多年来他和童林结下了深厚的情谊。可是他又不想公然站出来反对父亲，父亲的计划要是和童林说了，以童林的性格保不准就得回去救那些豪侠,事情就得闹大了。要怎么才能既保住童林的命又不至于把事情闹大?

弘历想出了个主意,就在那天雍正的酒宴正要开始的时候,弘历派人把童林接到府上,也摆上了宴席,就叫谢恩宴。童林有意推辞,又见弘历一番热情,有心喝几杯就走,可是没想到弘历三杯五盏喝个没完,等宴席撤下去了弘历又安排听戏,这么一来二去就折腾到半夜。童林一回去,雍亲王府里的宴席早就散了,而且一群老少侠客都不辞而别了。

等后来他知道了各位侠客都死在雍正的毒酒下时,才意识到是宝亲王救了自己一命。他准备从京城逃出去之前去了一趟宝亲王府,弘历说当时他也想救更多的人可是没有那个能力,也就只能保住童林一人。童林是恨透了皇家这些人,可是唯独对弘历另眼相看。不仅仅是他曾救了自己的命,而且在日常的接触中童林就发现弘历和其他皇子相比更加平易近人,更加体恤百姓,更加仁义大方。最重要的是他有颗平常心,有时和童林出去的时候,他们就借住在百姓家里,这个亲王能和老百姓一个炕头睡觉,一个碗里吃饭,这真是太难得了,所以童林就料定将来弘历要是做了皇上一定是个明君。

那天童林在十四王爷的屋顶上听到他们计划要宫变的事,特别是听到他们最后连白无双和吕四娘都不放过,认为十四阿哥不能当皇上,他若成了皇上要比今天的雍正更残暴,所以童林和了然大师就在路上等着白无双他们两个。离开白无双后,童林就转身去了紫禁城,了然没有同行,他觉得皇宫那个地方不是他能去的,这件事有童林一人就足矣,于是童林别了老和尚只身来到皇宫内院。

就是在八月十四这天夜里,童林来到了上书房,这是平常弘历读书的地方。这次去圆明园其他皇子都跟着去了,雍正唯独把弘历留在了宫中,一是宫中要一个临时主事的人,最重要的是雍正不希望弘历荒废了学业,还把贵州苗民作乱的折子交给了弘历,让他仔细研究一下拿出一个具体的方案。童林果然在上书房找到了弘历,当然童林并没有说吕四娘要在圆明园刺杀雍正的事,只说十四阿哥要在八月十四的晚上趁宫中大部分守卫都到圆明园中去,要发动政变,希望宝亲王提早做准备。

弘历就给十四王爷摆了个空城计,结果没死一兵一卒,没流一滴血,事情就平息了。童林暗暗称赞,果然是个英明的君主,杀戮可以减少到最少,事情可以办到最好。老百姓要求什么呢,不也就求个安稳吗?童林相信弘历能够做到。事情平息以后童林告辞,弘历再三挽留也是没有用,童林一转身瞬间就不见了踪迹。童林明白不用太长时间,雍正已死的消息就会传出来,还是要趁早离开这个是非之地。

果不其然,两个时辰以后圆明园中传出了爆炸性的消息,雍正皇帝的脑袋没了。值班的太监当天就觉着这天雍正比每天都起得晚,又过了一会儿还是没见雍正叫人。太监轻声叫了叫没有声音,于是马上向管事太监汇报,征得了同意后,他们打开了房门,结果发现皇上的脑袋已经不翼而飞,圆明园里顿时乱成一团。弘历得知这个消息后失声痛哭,可是现在哭也没有用,新君得马上登基。于是群臣和总管太监从正大光明匾额后面取出锦匣，开读密诏，上面写着"皇四子弘历为皇太子，继朕即皇帝位"。

当弘历得知了父亲遇刺的消息后，头脑中立刻意识到这件事一定与昨晚的十四王爷政变的事情有关。而今自己已经成了皇上的接班人，手中就有了实在的权力，当天他就提审了十四王爷。

十四王爷并没有否认他策划了宫变的事，可是他却坚决否认他是杀害雍正的幕后主使。十四王爷毕竟是官场老手，他明白自己已经是砧板上的肉了，肯定是任人宰割，可是就算是割也有个割法。虽然宫变这件事足以是死罪，可是一兵一卒也没有损失，也没有造成什么严重后果，况且自己又是弘历的亲叔叔，他是新君必然要给世人留下个宽厚仁慈皇恩浩荡的好名声，那么他杀自己的可能性就极小。如果要承认了是刺雍正的主谋的话那就不仅仅是死罪的问题了，而且自己已经把吕四娘、白无双等人抓住了，已经立了一功，吕四娘他们又根本找不出任何证据说自己是主谋，正好把刺死雍正的罪名都安在他们两个身上。

弘历一听拍案而起，十四阿哥就把吕四娘个人的身世说了一番，顺便还带上了童林，但他可没说白无双也是皇子的事。弘历确实有些怀疑童林，现在一听真是这样。弘历马上亲自带人把紫禁城前边的那个小民房包围起来，按十四阿哥说的真的在民房的地下室里找到了吕四娘、白无双和惠仙三人还有那个小包袱。弘历亲自把它打开一看果然是雍正的人头。弘历命人拿过一个金盒子把人头盛在里面，交给了身边的小太监，马上下令将这三个人拉到院中立即正法。

此时的三人已经神志不清，犹如一摊软泥倒在地上。原来十四王爷知道小小的地下室关不住这三个人，特别是吕四娘功夫太高，刚才只不过是趁她不备设了埋伏，于是就派人往关他们的牢房里吹了暗香迷烟，这种东西无色无味闻着的人立即倒地，昏迷两天两夜没问题。吕四娘、白无双武功再高的人也经不起这个，在牢里正想着如何逃出去时，不知不觉地就什么也不知道了。

弘历下令要杀了这三个人时，猛然就听到旁边民房的墙出现了一道裂缝，紧接着一声巨响，房子奇迹般地塌了。弘历吓了一跳，胯下的马一阵乱叫，前蹄抬起老高，落下后在原地转了好几个圈。眼见着房子就这么倒了，众人吃惊不小，队伍就有点乱。

所有人都定睛往房子那儿看的时候，就感觉背后"嗖""嗖""嗖"来了几个人，共四个人，三男一女，女的是个尼姑，呵！这个尼姑岁数可不小了，一脸皱纹，眉毛都白了。别看年纪大了身手可利索，手中的拂尘一晃，一点身边拿金盒的小太监，太监手一撒，金盒就往下掉，只见尼姑脚背向上一抬，金盒又飞起来，拂尘一甩金盒已经牢牢地在尼姑胳膊下夹住了。弘历定睛一看这个尼姑只有一只胳膊，不是别人正是独臂神尼悟因法师。老尼姑夹住金盒跳出墙外。悟因法师跳出墙外的同时，那三个人把地上的三个人拉起来，一个一个背上肩头也跳出去了。

一切都太快了，等到弘历反应过来命令追的时候，几个人已经跳上了一辆马车飞驰而去。弘历在后面催马紧追不舍,众士兵在后面乱箭齐发。

这些人早有准备了,他们的马车后面有一块又高又长的板子,板子上扎着厚厚的草皮,箭都射到了板子上。马车太快了,就听前面驾车的人喊:"闪开、闪开,马毛了! 马毛了!"一听马毛了谁还敢往街上跑。

这辆马车奔着崇文门就来了,后面当兵的就喊:"关门!关门!"守城的士兵远远地看到过来一队人马,前边好像是跑的,后面是追的。听到后面士兵喊"关门"时,守城官马上示意下面的士兵关门。有人还在那儿骂呢,城门刚开开,这又关上,扯什么蛋!

门哪那么容易就关上,都是铸铁的还钉着多少道铜钉。守门军一齐龇牙咧嘴地要把门关上,还有那么一道缝,刚好可以过去辆马车时,这辆车就到了。"嗖"一声马车从缝里就过去了。

门正好关上时恰好弘历他们到了,气得弘历大骂:"废物! 废物!"守门官又马上命令:"开门! 开门!"守门军再一次龇牙咧嘴地把门又开开了,这些守门军嘴上不说心里这个骂啊! 让开开就开开,让关上就关上,累傻小子呢。

城门一开弘历等人一拥而出,哪里还见得着马车的影子啊! 这辆马车早就从崇文门一拐弯斜着出了西便门。出了城想再抓住他们是势比登天。一阵匆忙的奔跑之后马车渐渐停了下来,看看后面的追兵已经没有了,他们找了条小河,弄了点水淋在三人的头上,三个人慢慢醒了。

吕四娘睁眼一看原来是师父来了，翻身起来跪倒在地流出了眼泪。再一看其他三个人，都认识。一个是童林，一个是甘凤池老英雄，一个是了然。四娘是惊喜交加，知道他们已经逃出了京城，这颗心放下了。白无双和惠仙又分别向老尼姑、甘凤池见礼。

甘凤池怎么会到京城来呢？那天和吕四娘在山东分别之后，他去办了点事。办完后想起吕四娘了，不知道这个丫头的仇报了没有，反正也没事莫不如就到北京城来看看，要是有什么能帮上忙的更好，没有的话就当散散心了。

八月十三这一天，甘凤池就来到了西便门外的一个小茶摊子上，坐下了正想要杯茶，眼角的余光里他就看到一个人，呵！这不是老朋友独臂神尼吗？老尼姑正好也在这里喝茶，老尼姑一抬眼也很吃惊，两个人就坐在一起聊起来了。老尼姑问他来京城干什么，甘凤池知道吕四娘是老尼姑的徒弟，就把途中遇到吕四娘如何除暴安良的事说了，还说挺惦记这孩子，就来京城看看有什么忙能帮得上四娘。就这么的他们就会合到一块了。至于童林其实早就和老尼姑约好了，八月十五中秋节了结与清廷之间的纠葛。

八月十四这天夜里，平息了宫廷的宫变后，童林就来到了城外和二人见面，把吕四娘如何杀了雍正，十四阿哥如何宫变，弘历又如何用计平息的事一一讲说一遍。最后童林对老尼姑说："老神尼，我知道你同清廷有不共戴天之仇，可是如今清朝已经经过了四代皇帝，人民的生活趋于稳定，此时再不可起什么战乱了，况且大明朝已经没有了可继续坐江山的力量,我们即使杀了弘历又能怎么样,还不是杀声又起。况且据我观察弘历必定是个好皇帝,只要能让百姓安居乐业,谁当皇帝还不是一样?了然大师在走之前交代有违天意如同助纣为虐,不管怎样老百姓都要受苦,为什么我们不能允许一个少让百姓受苦的人当皇帝呢?"

老尼姑听了沉思许久,童林说的话不是没有道理,如今自己已经年迈,一切真的只能顺应天意了。他们正说着有人在林中口颂佛号"阿弥陀佛",众人一看是了然和尚。了然说:"话不说不明,理不辩不透,老神尼!如今天意难违。"老尼姑点头称是。"贫僧来此还有一事。"了然接着说,"吕施主还有白少侠还有一个女孩子,都被关在十四王爷的民房的地道里,我们要赶快去救,晚了怕要有生命危险。"

几个人一听马上往这里来,正好赶上弘历也带人去了。要杀白无双三个人时,房子倒了,房子怎么会轻易地倒下?当然是甘凤池撼力神功的作用。四个人合力将白无双等三个人救了出来。

几个人商量下一步要去哪里呢?童林从怀中掏出一封信,信是黄老英雄写的。信上说让四娘等离开京城后,就直接回关外去,白氏和林氏还有一家人,都已经先行被黄犊安排在关外了。

白无双和吕四娘一听母亲等人平安无事心里高兴,决定去关外找他们。老尼姑一指那个金盒子说:"这个我带走了,我要用它祭奠吕氏一门冤魂还有那些无辜冤死的人。"吕四娘跪在地上给师父磕了三个头,老尼姑飘然而去。童林和甘凤池也告辞离去，就只剩下白无双、吕四娘、惠仙三个人。

三个人也上了路奔关外而去，去关外的路要好走很多，很少有官兵查问。很顺利他们就又回到了辽河旁的小屋子里，母子、母女见面少不了痛哭一场，说了一顿话后，吕四娘前后找了一番，独不见沈在宽。

林氏低头没说话，在四娘的一再追问下，才知道沈公子不见了，什么时候走的谁也不知道。他给吕四娘留下一封信说他配不上吕四娘，希望吕四娘和白公子能够幸福生活。吕四娘看了之后气得直哭，心说这都哪儿跟哪儿啊！

沈公子在吕四娘他们走后身体恢复得不错，林氏对待沈公子也挺好的，生活上的事料理得很周到，只是非常客套。沈在宽常常觉得林氏心里好像有话要说，窝在心里一直没问。

有一天，沈在宽在外面走了一会儿回到草堂，刚一进门就听到林氏和白氏在聊天。林氏说："也不知道四娘什么时候回来，回来咱们好把她和无双的事办了，孩子们都大了也该谈婚论嫁了。"白氏说："可不是，我是很喜欢四娘，只是我总觉着四娘的心思好像不在无双身上，倒是和沈公子很有话说。"

林氏说："原来啊那丫头和沈公子就认识，沈公子是我们吕家的旧交，我也挺喜欢沈公子，可是沈公子的身子实在是……也不知这病什么时候能好。"

白氏说："孩子们的事还得孩子们自己做主，无论他们哪两个成了一对我都喜欢！"

沈在宽听了两个婶子的话心里就明白了，白公子他见过，一表人才而且和四娘有共同的爱好，这才是天生的一对。自己在这里只会误了四娘，不如早走才能成全他们两个，于是沈在宽写了封信趁着天黑下了黄山，走了。从此一点儿音信也没有。

吕四娘伤了好一阵子心，她气沈在宽这么不理解她，她更气林氏乱点鸳鸯谱。一路上她已经看出来白无双和惠仙眉目之间已经露出互相喜欢的神色，就在那一晚白无双握住惠仙的手让她相信他可以再救她一次时，惠仙就决定要跟着白无双一辈子。白无双看到了惠仙眼中闪烁着晶莹的泪光，那一刻他的心被什么刺痛了一下，惠仙信任的眼神给了他力量，他要用一生去保护惠仙。

当四位大侠把他们从虎口里救出时，惠仙的手第一时间握住了白无双的手，回来眼里含着泪对白无双说："白大哥，我以为我们都死了呢！我再不要和你分开了。"白无双点点头，也淌出了眼泪。终于这对历经生死考验的有情人，心与心连在了一起。

回到关外后白无双即向母亲说了他和惠仙的事，白氏并不反对，惠仙也是她一手带大的，她了解这个孩子，现在一家人还是一家人有什么不好的呢！不长时间后白氏就给惠仙和白无双完了婚。吕四娘帮白无双办完了婚事，就要离开了。她当初和黄犊学功夫时曾答应过黄犊等报了仇要出家三年，赎滥杀的罪孽，于是就把母亲托给了白氏和白无双夫妻独自上路了，约好三年后回来和他们团圆。

吕四娘一人回到了五台山，在独臂神尼的海会庵里剃了发,出家当了尼姑。这三年里她和师父研究佛法,切磋武艺,日子就如同流水一般飞快地逝去了。四娘的武功又上了一个新台阶,此时她已是心如止水,有了终身侍佛的念头。

此时正是乾隆四年三月,自古有"烟花三月下扬州"的佳句,这时北方还是隆冬,扬州已是春意正浓。大街上你来我往好不热闹,买卖店铺生意兴隆。自从乾隆即位以来,真是盛世太平,南南北北一派祥和之气。

扬州瘦西湖边有个茶棚子,里面是高朋满座。前面有个说书先生,说的是一段女侠刺秦王,说书先生口若悬河,高潮迭起。

茶棚子中间的一张小桌上坐着个青年人,看去也就二十六七岁,衣着华丽,皮肤白皙透着那么股子红润,小伙子眉清目秀,举手投足之间显示出无比的贵气。还真别说这段女侠刺秦王小伙子没听过,花了几个大子儿要了壶茶,小伙子还听上瘾了。书中说秦始皇大兴文字狱,使得几家人都受连累,还有个情节是那家死去的祖父也被从棺材里挖出来鞭尸,然后女孩子如何为寻秦王报仇学会武艺,在秦王出巡途中利用美人计刺死了秦王。为了掩盖已经腐烂的身体,李斯出主意全军扛着烂鱼回了咸阳。故事不算太长可是相当精彩,不住有人喝彩。

青年人边听边品着茶,等局子散了青年人没走,还在那儿喝茶。店伙计过来了,说:"爷,我们要打烊了。请明儿再来。"

青年人开口了:"去!把你们掌柜的叫来。"伙计一看来者不善，忙跑过去把掌柜的叫来。掌柜的也是点头哈腰的，小心地问道："爷，有什么吩咐?"青年人说："你们这个说书的是哪儿请来的，他说书的本子是哪儿来的你知道吗?"

掌柜的一听忙回答："您说那个说书的啊! 他是游方的。可是那本子是我们本地的。""噢?"那个青年说，"不知这个写本子的人我能不能见一下。"

掌柜的忙说："可以，可以，他就住在我们的后巷，客官要是去的话，我可以带你去。"

青年人和掌柜的来到小茶棚子的后巷，掌柜的一面走还和青年一面聊说："这个人啊，几年以前到我们这里来，没吃没喝的，我的小茶棚子就留下了他，后来有说书的来了，有本子他就帮人修一下，没本子的他就给写一个。您还真别说，写得好。他的本子说出去就有彩儿，听的人多了，我的生意也就好了，他这个人什么都不要，给口饭吃就行，我见他可怜就给他租了这么个房子。您慢着点。"

青年人进来一看，里面是破旧不堪，一个穿粗布衣服的人，伏在案上写东西。掌柜的一来他抬起了头，看见后面还跟着个人，站了起来让出了座位。青年人让掌柜的回去了，他坐在那里看着这个人。这个人一副落魄的样子，只是眼神里还有点精气神。青年人问："本子是你写的?"

那人回答："是的。"青年人直接问："你写的故事是秦朝的吗? 好像是当朝的吧。"那人没说话。青年人又问："你是谁? 你就不怕我把你交给官府发落吗?"

那人说："无所谓，如果阁下真的很想知道我是谁的话，没关系,我可以告诉你。反正我已经死了,只活着个壳而已。"青年人说:"我倒想听听你的故事。"

那人说:"我真名叫沈在宽……"没错这个人就是多年以前失踪的沈在宽,他离开黄山以后漫无目的地走着,就到了扬州。就像掌柜的说的那样,这么生活了好多年。

青年人听了他的故事,什么也没说,走了。第二天当地官府就来了一辆车把沈在宽接到了府衙。沈在宽又见到了昨天晚上的那个青年人,青年人身上穿的是龙袍。他就是乾隆皇帝,此次是第一次到扬州来,马上就要回京了,没想到,到小茶棚子里听书就找到了沈在宽。

乾隆皇帝自从当了皇上以来,为他父亲制造的许多冤案平了反,昨天听了沈在宽的讲述,他也知道当年吕留良案牵扯的人很多,所以逐一地给予平反。乾隆帝一见沈在宽也是学识渊博之人,正好身边少个书令,就问沈在宽是不是愿意。沈在宽一个落魄之人,如今全家已经平反了,还有什么好说的,就跟着皇上回了京。

回京以后乾隆帝下令处死了曾静,诏书上说:"大清国不耻有如此的卖友求荣之人,今处死曾静以儆效尤。"沈在宽从此以后就留在了乾隆身边做了书令,日子过得也算平淡。

乾隆帝每次出巡都会带着沈在宽。时值四月,马上就要到四月十八庙会了,乾隆帝今年打算到五台山各寺中走一走。到了五台山后,乾隆帝被山里的景色感染就想游遍五台山上所有的寺庙,拜见所有法师。可是五台山上的气候变幻不定,且寺庙众多,要全部游一遍也要一个多月。于是有个小和尚出了个主意,把五台山上所有的住持都叫来。

第三天,整个五台山上的僧尼住持都来拜见乾隆,皇上一一都有赏赐。每有一个来拜见皇上,一旁的沈在宽都会把赏赐送上。此时海会庵中的住持已经是吕四娘了,当她与一些僧人混在一起拜见皇上时,一眼就认出了沈在宽,此时的情况又不能离开,她也只有硬着头皮上去。每一次大概有十个人上去。吕四娘迅速地从沈在宽身边走过,还没等沈在宽反应过来她就下去了。

沈在宽也意识到有个人从他身边过去,看背影他一愣,怎么那么像吕四娘呢?正要追出去,可是有事在身。等到拜见结束,沈在宽马上找到老住持,才知道她是海会庵中的住持静念大师。他马不停蹄到了海会庵,小尼姑告诉他师父已经云游去了。沈在宽魂不守舍地回来了,接下来又去了几次依然没有见到。他清楚地意识到那个尼姑一定是吕四娘,可是她为什么要躲着自己呢?

吕四娘并没有走远,她远远地跟在沈在宽的后面,却不能出去和他相认。虽然当了尼姑,她依然是戴罪之身,而沈在宽如今已经是乾隆皇帝的亲信,他们的身份出现了明显的差距,况且如今四娘已经理佛多年,清心寡欲断绝了尘缘,他们这一生都没有再见面的机会了。

乾隆帝准备回京的前一夜,沈在宽回房时发现桌上有一封信,谁也没看见这封信是如何到桌上的。打开以后沈在宽发现署名是四娘。四娘告诉他，这是最后一次用俗家的名字，也是最后一次给他写信。四娘把她的情况告诉了沈在宽，并且告诉他回去之后成个家好好生活，不要再记着她了，从此以后人世间再没有吕四娘这个人。

沈在宽痛哭了一场，回京后一病不起，本来沈在宽的身体就不是太好，吃了千年人参之后是好了很多，但是和正常人相比还是要弱。乾隆皇帝多方寻找良医，还是没能救得了他的命。可怜啊！沈在宽就这样结束了短暂而颠沛流离的一生。

吕四娘辗转之间知道了沈在宽的死讯，一夜之间苍老了许多。从此以后江湖中传出，有个灰衣神尼，出没于山林之间惩恶扬善、除暴安良，人们都叫她"幻影女尼"。

白无双和惠仙一直生活在关外，一辈子都没有回中原。每当有关内来往的商人、旅客提起"幻影女尼"时，白无双便会点起一炷香在沈在宽的牌位前暗暗地叨念着，告慰他的在天之灵。

……

又是一年的八月十五，天高云淡，秋高气爽。一片宽阔平坦的草地上，两个孩子嬉笑着在草地上不停地打闹。"四娘、在宽不可以太顽皮哟！快回来，爹爹给你们买月饼了，回来吃呀！"两个孩子马上往回跑，一个喊着："吃月饼啦！吃月饼啦！"另一个孩子喊着："爹……爹……"白无双伸开双手抱住了向他跑来的两个孩子……